I. S. Turgenew

Asja

russischsprachige Ausgabe

www.elv-verlag.de

Turgenew, I. S.
Asja
russischsprachige Ausgabe
ISBN: 978-3-86267-338-4
Auflage: 1
Erscheinungsjahr: 2011
Erscheinungsort: Bremen, Deutschland
Europäischer Literaturverlag GmbH, Fahrenheitstr. 1, 28359 Bremen (www.elv-verlag.de).

Иван Сергеевич
Тургенев

АСЯ

www.elv-verlag.de

СОДЕРЖАНИЕ

АСЯ 3
  I 3
  II 5
  III 10
  IV 11
  V 15
  VI 17
  VII 19
  VIII 25
  IX 29
  X 29
  XI 31
  XII 32
  XIII 33
  XIV 36
  XV 37
  XVI 40
  XVII 41
  XVIII 42
  XIX 42
  XX 43
  XXI 45

ПЕРВАЯ ЛЮБОВЬ 47
  I 48
  II 50
  III 51
  IV 52
  V 58
  VI 60
  VII 62

VIII	67
IX	69
X	74
XI	77
XII	79
XIII	81
XIV	83
XV	84
XVI	87
XVII	92
XVIII	95
XIX	97
XX	99
XXI	101
XXII	105

Ася

I

Мне было тогда лет двадцать пять, - начал Н.Н., дела давно минувших дней, как видите. Я только что вырвался на волю и уехал за границу, не для того, чтобы "окончить мое воспитание", как говаривалось тогда, а просто мне захотелось посмотреть на мир божий. Я был здоров, молод, весел, деньги у меня не переводились, заботы еще не успели завестись - я жил без оглядки, делал, что хотел, процветал, одним словом. Мне тогда и в голову не приходило, что человек не растение и процветать ему долго нельзя. Молодость ест пряники золоченые, да и думает, что это-то и есть хлеб насущный; а придет время - и хлебца напросишься. Но толковать об этом не для чего.

Я путешествовал без всякой цели, без плана; останавливался везде, где мне нравилось, и отправлялся тотчас далее, как только чувствовал желание видеть новые лица - именно лица. Меня занимали исключительно одни люди; я ненавидел любопытные памятники, замечательные собрания, один вид лон-лакея возбуждал во мне ощущение тоски и злобы; я чуть с ума не сошел в дрезденском "Грюне Гевелбе". Природа действовала на меня чрезвычайно, но я не любил так называемых ее красот, необыкновенных гор, утесов, водопадов; я не любил, чтобы она навязывалась мне, чтобы она мне мешала. Зато лица, живые человеческие лица - речи людей, их движения, смех - вот без чего я обойтись не мог. В толпе мне было всегда особенно легко и отрадно; мне было весело идти туда, куда шли другие, кричать, когда другие кричали, и в то же время я любил смотреть, как эти другие кричат. Меня забавляло наблюдать людей... да я даже не наблюдал их - я их рассматривал с каким-то радостным и ненасытным любопытством. Но я опять сбиваюсь в сторону.

Итак, лет двадцать тому назад я жил в немецком небольшом городке З., на левом берегу Рейна. Я искал уединения: я только что был поражен в сердце одной молодой вдовой, с которой познакомился на водах. Она была очень хороша собой и умна, кокетничала со всеми - и со мною, грешным, - сперва даже поощряла меня, а потом жестоко меня уязвила, пожертвовав мною одному краснощекому баварскому лейтенанту. Признаться сказать, рана моего сердца не очень была глубока; но я почел долгом предаться на некоторое время печали и одиночеству - чем молодость не тешится! - и поселился в З.

Городок этот мне понравился своим местоположением у подошвы двух высоких холмов, своими дряхлыми стенами и башнями, вековыми липами, крутым мостом над светлой речкой, впадавшей в Рейн, - а главное, своим хорошим вином. По его узким улицам гуляли вечером, тотчас после захождения солнца (дело было в июне), прехорошенькие белокурые немочки и, встретясь с иностранцем, произносили приятным голоском: "Guten Abend!" - а некоторые из них не уходили даже и тогда, когда луна поднималась из-за острых крыш стареньких домов и мелкие каменья мостовой четко рисовались в ее неподвижных лучах Я любил бродить тогда по городу; луна казалось, пристально глядела на него с чистого неба; и город чувствовал этот взгляд и стоял чутко и мирно, весь облитый ее светом, этим безмятежным и в то же время тихо душу волнующим светом. Петух на высокой готической колокольне блестел бледным золотом; таким же золотом переливались струйки по черному глянцу речки; тоненькие свечки (немец бережлив!) скромно теплились в узких окнах под грифельными кровлями; виноградные лозы таинственно высовывали свои завитые усики из-за каменных оград; что-то пробегало в тени около старинного колодца на треугольной площади, внезапно раздавался сонливый свисток ночного сторожа, добродушная собака ворчала вполголоса, а воздух так и ластился к лицу, и липы пахли так сладко, что грудь поневоле все глубже и глубже дышала, и слово "Гретхен" - не то восклицание, не то вопрос - так и просилось на уста.

Городок З. лежит в двух верстах от Рейна. Я часто ходил смотреть на величавую реку и, не без некоторого напряжения мечтая о коварной вдове, просиживал долгие часы на каменной скамье под одиноким огромным ясенем. Маленькая статуя мадонны с почти детским лицом и красным сердцем на груди, пронзенным мечами, печально выглядывала из его ветвей. На противоположном берегу находился городок Л., немного побольше того, в котором я поселился. Однажды вечером я сидел на своей любимой скамье и глядел то на реку, то на небо, то на виноградники. Передо мной белоголовые мальчишки карабкались по бокам лодки, вытащенной на берег и опрокинутой насмоленным брюхом кверху. Кораблики тихо бежали на слабо надувшихся парусах; зеленоватые волны скользили мимо, чуть-чуть вспухая и урча. Вдруг донеслись до меня звуки музыки; я прислушался. В городе Л. играли вальс; контрабас гудел отрывисто, скрипка неясно заливалась, флейта свистала бойко.

- Что это? - спросил я у подошедшего ко мне старика в плисовом жилете, синих чулках и башмаках с пряжками.

- Это, - отвечал он мне, предварительно передвинув мундштук своей трубки из одного угла губ в другой, - студенты приехали из Б. на коммерш.

"А посмотрю-ка я на этот коммерш, - подумал я, - кстати же, я в Л. не бывал". Я отыскал перевозчика и отправился на другую сторону.

II

Может быть, не всякий знает, что такое коммерш. Это особенного рода торжественный пир, на который сходятся студенты одной земли или братства (Landsmannschaft). Почти все участники в коммерше носят издавна установленный костюм немецких студентов: венгерки, большие сапоги и маленькие шапочки с околышами известных цветов. Собираются студенты обыкновенно к обеду под председательством сениора, то есть старшины, - и пируют до утра, пьют, поют песни, Landesvater, Gaudeamus, курят, бранят филистеров; иногда они нанимают оркестр.

Такой точно коммерш происходил в г.Л. перед небольшой гостиницей под вывеской Солнца, в саду, выходившем на улицу. Над самой гостиницей и над садом веяли флаги; студенты сидели за столами под обстриженными липками; огромный бульдог лежал под одним из столов; в стороне, в беседке из плюща, помещались музыканты и усердно играли, то и дело подкрепляя себя пивом. На улице, перед низкой оградой сада, собралось довольно много народа: добрые граждане Л. не хотели пропустить случая поглазеть на заезжих гостей. Я тоже вмешался в толпу зрителей. Мне было весело смотреть на лица студентов; их объятия, восклицания, невинное кокетничанье молодости, горящие взгляды, смех без причины - лучший смех на свете - все это радостное кипение жизни юной, свежей, этот порыв вперед - куда бы то ни было, лишь бы вперед, - это добродушное раздолье меня трогало и поджигало. "Уж не пойти ли к ним?" - спрашивал я себя...

- Ася, довольно тебе? - вдруг произнес за мной мужской голос по-русски

- Подождем еще, - ответил другой, женский голос на том же языке.

Я быстро обернулся... Взор мой упал на красивого молодого человека в фуражке и широкой куртке; он держал под руку девушку невысокого роста, в соломенной шляпе, закрывавшей всю верхнюю часть ее лица.

- Вы русские? - сорвалось у меня невольно с языка.

Молодой человек улыбнулся и промолвил:

- Да, русские.

- Я никак не ожидал... в таком захолустье, - начал было я.

- И мы не ожидали, - перебил он меня, - что ж? тем лучше. Позвольте рекомендоваться: меня зовут Гагиным, а вот это моя... - он запнулся на мгновение, - моя сестра. А ваше имя позвольте узнать?

Я назвал себя, и мы разговорились. Я узнал, что Гагин, путешествуя, так же как и я, для своего удовольствия, неделю тому назад заехал в городок Л., да и застрял в нем. Правду сказать, я неохотно знакомился с русскими за границей. Я их узнавал даже издали по их походке, покрою платья, а главное, по выраженью их лица. Самодовольное и презрительное, часто повелительное, оно вдруг сменялось выражением осторожности и робости... Человек внезапно настораживался весь, глаз беспокойно бегал... "Батюшки мои! не соврал ли я, не смеются ли надо мною", - казалось, говорил этот уторопленный взгляд... Проходило мгновенье - и снова восстановлялось величие физиономии, изредка чередуясь с тупым недоуменьем. Да, я избегал русских, но Гагин мне понравился тотчас. Есть на свете такие счастливые лица: глядеть на них всякому любо, точно они греют вас или гладят. У Гагина было именно такое лицо, милое, ласковое, с большими мягкими глазами и мягкими курчавыми волосами. Говорил он так, что даже не видя его лица, вы по одному звуку его голоса чувствовали, что он улыбается.

Девушка, которую он назвал своей сестрой, с первого взгляда показалась мне очень миловидной. Было что-то свое, особенное, в складе ее смугловатого, круглого лица, с небольшим тонким носом, почти детскими щечками и черными, светлыми глазами. Она была грациозно сложена, но как будто не вполне еще развита. Она нисколько не походила на своего брата.

- Хотите вы зайти к нам? - сказал мне Гагин, - кажется, довольно мы насмотрелись на немцев. Ася, пойдем домой?

Девушка утвердительно кивнула головой.

- Мы живем за городом, - продолжал Гагин, - в винограднике, в одиноком домишке, высоко. У нас славно, посмотрите. Хозяйка обещала приготовить нам кислого молока. Теперь же скоро стемнеет, и вам лучше будет переезжать Рейн при луне.

Мы отправились. Через низкие ворота города (старинная стена из булыжника окружала его со всех сторон, даже бойницы не все еще обрушились) мы вышли в поле и, пройдя шагов сто вдоль каменной ограды, остановились перед узенькой калиткой. Гагин отворил ее и повел нас в гору по крутой тропинке. С обеих сторон, на уступах, рос виноград; солнце только что село, и алый тонкий свет лежал на зеленых лозах, на высоких тычинках, на сухой земле, усыпанной сплошь крупным и мелким плитняком, и на белой стене небольшого домика, с косыми черными перекладинами и четырьмя светлыми окошками, стоявшего на самом верху горы, по которой мы взбирались.

- Вот и наше жилище! - воскликнул Гагин, как только мы стали приближаться к домику, - а вот и хозяйка несет молоко. Guten Abend, Madame!.. Мы сейчас примемся за еду; но прежде, - прибавил он, - оглянитесь... каков вид?

Вид был, точно, чудесный. Рейн лежал перед нами весь серебряный, между зелеными берегами; в одном месте он горел багряным золотом заката. Приютившийся к берегу городок показывал все свои дома и улицы; широко разбегались холмы и поля. Внизу было хорошо, но наверху еще лучше: меня особенно поразил чистота и глубина неба, сияющая прозрачность воздуха. Свежий и легкий, он тихо колыхался и перекатывался волнами, словно и ему было раздольнее на высоте.

- Отличную вы выбрали квартиру, - промолвил я.

- Это Ася ее нашла, - отвечал Гагин. - Ну-ка, Ася, - продолжал он, - распоряжайся. Вели все сюда подать. Мы станем ужинать на воздухе. Тут музыка слышнее. Заметили ли вы, - прибавил он, обратясь ко мне, - вблизи иной вальс никуда не годится - пошлые, грубые звуки, - а в отдаленье, - чудо! так и шевелит в вас все романтические струны.

Ася (собственное имя ее было Анна, но Гагин называл ее Асей, и уж вы позвольте мне ее так называть) - Ася отправилась в дом и скоро вернулась вместе с хозяйкой. Они вдвоем несли большой поднос с горшком молока, тарелками, ложками, сахаром, ягодами, хлебом. Мы уселись и принялись за ужин. Ася сняла шляпу; ее черные волосы, остриженные и причесанные, как у мальчика, падали крупными завитками на шею и уши. Сначала она дичилась меня; но Гагин сказал ей:

- Ася, полно ежиться! он не кусается.

Она улыбнулась и немного спустя уже сама заговаривала со мной. Я не видел существа более подвижного. Ни одно мгновение она не сидела смирно; вставала, убегала в дом и прибегала снова, напевала вполголоса, часто смеялась, и престранным образом: казалось, она смеялась не тому, что слышала, а разным мыслям, приходившим ей в голову. Ее большие глаза глядели прямо, светло, смело, но иногда веки ее слегка щурились, и тогда взор ее внезапно становился глубок и нежен.

Мы проболтали часа два. День давно погас, и вечер, сперва весь огнистый, потом ясный и алый, потом бледный и смутный, тихо таял и переливался в ночь, а беседа наша все продолжалась, мирная и кроткая, как воздух, окружавший нас. Гагин велел принести бутылку рейнвейна; мы ее роспили не спеша. Музыка по-прежнему долетала до нас, звуки ее казались слаще и нежнее; огни зажглись в городе и над рекою. Ася вдруг опустила голову, так что кудри ей на глаза упали, замолкла и вздохнула, а потом сказала нам, что хочет спать, и ушла в дом; однако я видел, как она, не зажигая свечи, долго стояла за нераскрытым окном. Наконец, луна встала и заиграла по Рейну; все осветилось, потемнело, изменилось, даже вино в наших граненых стаканах заблестело таинственным блеском. Ветер упал, точно крылья сложил, и замер; ночным, душистым теплом повеяло от земли.

- Пора! - воскликнул я, - а то, пожалуй, перевозчика не сыщешь.

- Пора, - повторил Гагин.

Мы пошли вниз по тропинке. Камни вдруг посыпались за нами: это Ася нас догоняла.

- Ты разве не спишь? - спросил ее брат, но она, не ответив ему ни слова, пробежала мимо.

Последние умирающие плошки, зажженные студентами в саду гостиницы, освещали снизу листья деревьев, что придавало им праздничный и фантастический вид. Мы нашли Асю у берега: она разговаривала с перевозчиком. Я прыгнул в лодку и простился с новыми моими друзьями. Гагин обещал навестить меня следующий день; я пожал его руку и протянул свою Асе; но она только посмотрела на меня и покачала головой. Лодка отчалила и понеслась по быстрой реке. Перевозчик, бодрый старик, с напряжением погружал весла в темную воду.

- Вы в лунный столб въехали, вы его разбили, - закричала мне Ася.

Я опустил глаза; вокруг лодки, чернея, колыхались волны.

- Прощайте! - раздался опять ее голос.

- До завтра, - проговорил за нею Гагин.

Лодка причалила. Я вышел и оглянулся. Никого уж не было видно на противоположном берегу. Лунный столб опять тянулся золотым мостом через всю реку. Словно на прощание примчались звуки старинного лансеровского вальса. Гагин был прав: я почувствовал, что все струны моего сердца задрожали в ответ на те заискивающие напевы. Я отправился домой через потемневшие поля, медленно вдыхая пахучий воздух, и пришел в свою комнату весь разнеженный сладостным томлением беспредметных и бесконечных ожиданий.

Я чувствовал себя счастливым... Но отчего я был счастлив? Я ничего не желал, я ни о чем не думал... Я был счастлив.

Чуть не смеясь от избытка приятных и игривых чувств, я нырнул в постель и уже закрыл было глаза, как вдруг мне пришло на ум, что в течение вечера я ни разу не вспомнил о моей жестокой красавице... "Что же это значит? - спросил я самого себя. - Разве я не влюблен?" Но, задав себе этот вопрос, я, кажется, немедленно заснул, как дитя в колыбели.

III

На другое утро (я уже проснулся, но еще не вставал) стук палки раздался у меня под окном, и голос, который я тотчас признал за голос Гагина, запел:

Ты спишь ли? Гитарой
Тебя разбужу...

Я поспешил отворить ему дверь.

- Здравствуйте, - сказал Гагин, входя, - я вас раненько потревожил, на посмотрите, какое утро. Свежесть, роса, жаворонки поют...

Со своими курчавыми блестящими волосами, открытой шеей и розовыми щеками он сам был свеж, как утро.

Я оделся; мы вышли в садик, сели на лавочку, велели подать себе кофе и принялись беседовать. Гагин рассказал мне свои планы на будущее: владея порядочным состоянием и ни от кого не завися, он хотел посвятить себя живописи и только сожалел о том, что поздно хватился за ум и много времени потратил по-пустому; я также упомянул о моих предположениях, да, кстати, поведал ему тайну моей несчастной любви. Он выслушал меня со снисхождением, но, сколько я мог заметить, сильного сочувствия к моей страсти я в нем не возбудил. Вздохнувши вслед за мной два раза из вежливости, Гагин предложил мне пойти к нему посмотреть его этюды. Я тотчас согласился.

Мы не застали Асю. Она, по словам хозяйки, отправилась на "развалину". Верстах в двух от города Л. находились остатки феодального замка. Гагин раскрыл мне все свои картоны. В них было много жизни и правды, что-то свободное и широкое; но ни один из них не был окончен, и рисунок показался мне небрежен и неверен. Я откровенно высказал ему мое мнение.

- Да, да, - подхватил он со вздохом, - вы правы; все это очень плохо и незрело, что делать! Не учился я как следует, да и проклятая славянская распущенность берет свое. Пока мечтаешь о работе, так и паришь орлом; землю, кажется, сдвинул бы с места - а в исполнении тотчас слабеешь и устаешь.

Я начал было ободрять его, но он махнул рукой и, собравши картоны в охапку, бросил их на диван.

— Коли хватит терпенья, из меня выйдет что-нибудь, — промолвил он сквозь зубы, — не хватит, останусь недорослем из дворян. Пойдемте-ка лучше Асю отыскивать, — сказал он.

Мы пошли.

IV

Дорога к развалине вилась по скату узкой лесистой долины; на дне ее бежал ручей и шумно прядал через камни, как бы торопясь слиться с великой рекой, спокойно сиявшей за темной гранью круто рассеченных горных гребней. Гагин обратил мое внимание на некоторые счастливо освещенные места; в словах его слышался если не живописец, то уже наверное художник. Скоро показалась развалина. На самой вершине голой скалы возвышалась четырехугольная башня, вся черная, еще крепкая, но словно разрубленная продольной трещиной. Мшистые стены примыкали к башне; кое-где лепился плющ; искривленные деревца свешивались с седых бойниц и рухнувших сводов. Каменистая тропинка вела к уцелевшим воротам. Мы уже подходили к ним, как вдруг впереди нас мелькнула женская фигура, быстро перебежала по груде обломков и уселась на уступе стены, прямо над пропастью.

— А ведь это Ася! — воскликнул Гагин, — экая сумасшедшая!

Мы вошли в ворота и очутились на небольшом дворике, до половины заросшем дикими яблонями и крапивой. На уступе сидела, точно, Ася. Она повернулась к нам лицом и засмеялась, но не тронулась с места. Гагин погрозил ей пальцем, а я громко упрекнул ее в неосторожности.

— Полноте, — сказал мне шепотом Гагин, — не дразните ее; вы ее не знаете: она, пожалуй, еще на башню взберется. А вот вы лучше подивитесь смышлености местных жителей.

Я оглянулся. В уголке, приютившись в крошечном деревянном балаганчике, старушка вязала чулок и косилась на нас через очки. Она продавала туристам пиво, пряники и зельтерскую воду. Мы уместились на лавочке и принялись пить из тяжелых оловянных кружек довольно холодное пиво. Ася продолжала сидеть неподвижно, подобрав под себя ноги и закутавшись кисейным шарфом; стройный облик ее отчетливо и красиво рисовался на ясном небе; но я с неприязненным чувством посматривал на нее. Уже накануне заметил я в ней что-то напряженное, не совсем естественное... "Она хочет удивить нас, - думал я, - к чему это? Что за детская выходка?" Словно угадавши мои мысли, она вдруг бросила на меня быстрый и пронзительный взгляд, засмеялась опять, в два прыжка соскочила со стены и, подойдя к старушке, попросила у ней стакан воды.

- Ты думаешь, я хочу пить? - промолвила она, обращаясь к брату, - нет; тут есть цветы на стенах, которые непременно полить надо.

Гагин ничего не ответил ей; а она, с стаканом в руке, пустилась карабкаться о развалинам, изредка останавливаясь, наклоняясь и с забавной важностью роняя несколько капель воды, ярко блестевших на солнце. Ее движения были очень милы, но мне по-прежнему было досадно на нее, хотя я невольно любовался ее легкостью и ловкостью. На одном опасном месте она нарочно вскрикнула и потом захохотала... Мне стало еще досаднее.

- Да она как коза лазит, - пробормотала себе под нос старушка, оторвавшись на мгновенье от своего чулка.

Наконец, Ася опорожнила весь свой стакан и, шаловливо покачиваясь, возвратилась к нам. Странная усмешка слегка подергивала ее брови, ноздри и губы; полудерзко, полувесело щурились темные глаза.

"Вы находите мое поведение неприличным, - казалось, говорило ее лицо - все равно: я знаю, вы мной любуетесь".

- Искусно, Ася, искусно, - промолвил Гагин вполголоса.

Она вдруг как будто застыдилась, опустила свои длинные ресницы и скромно подсела к нам, как виноватая. Я тут в первый раз хорошенько рассмотрел ее лицо, самое изменчивое лицо, какое я только видел. Несколько мгновений спустя оно уже все побледнело и приняло сосредоточенное, почти печальное выражение; самые черты ее мне показались больше, строже, проще. Она вся затихла. Мы обошли развалину кругом (Ася шла за нами следом) и полюбовались видами. Между тем час обеда приближался. Расплачиваясь со старушкой, Гагин спросил еще кружку пива и, обернувшись ко мне, воскликнул с лукавой ужимкой:

- За здоровье дамы вашего сердца!

- А разве у него, - разве у вас есть такая дама? - спросила вдруг Ася.

- Да у кого же ее нет? - возразил Гагин.

Ася задумалась на мгновение; ее лицо опять изменилось, опять появилась на нем вызывающая, почти дерзкая усмешка.

На возвратном пути она пуще хохотала и шалила. Она сломала длинную ветку, положила ее к себе на плечо, как ружье, повязала себе голову шарфом. Помнится, нам встретилась многочисленная семья белокурых и чопорных англичанах; все они, словно по команде, с холодным изумлением проводили Асю своими стеклянными глазами, а она, как бы им назло, громко запела. Воротясь домой, она тотчас ушла к себе в комнату и появилась только к самому обеду, одетая в лучшее свое платье, тщательно причесанная, перетянутая и в перчатках. За столом она держалась очень чинно, почти чопорно, едва отведывала кушанья и пила воду из рюмки. Ей явно хотелось разыграть передо мною новую роль - роль приличной и благовоспитанной барышни. Гагин не мешал ей: заметно было, что он привык потакать ей во всем. Он только по временам добродушно взглядывал на меня и слегка пожимал плечом, как бы желая сказать: "Она ребенок; будьте снисходительны". Как только кончился обед, Ася встала и, надевая шляпу, спросила Гагина: можно ли ей пойти к фрау Луизе?

- Давно ли ты стала спрашиваться? - отвечал он со своей неизменной, на этот раз несколько смущенной улыбкой, - разве тебе скучно с нами?

- Нет, но я вчера еще обещала фрау Луизе побывать у нее; притом же я думала, что вам будет лучше вдвоем: господин Н. (она указала на меня) что-нибудь еще тебе расскажет.

Она ушла.

- Фрау Луизе, - сказал Гагин, стараясь избегать моего взора, - вдова бывшего здешнего бургомистра, добрая, впрочем пустая старушка. Она очень полюбила Асю. У Аси страсть знакомиться с людьми круга низшего: я заметил: причиною этому всегда бывает гордость. Она у меня очень избалована, как видите, - прибавил он, помолчав немного, - да что прикажете делать? Взыскивать я ни с кого не умею, а с нее и подавно. Я обязан быть снисходительным с нею.

Я промолчал. Гагин переменил разговор. Чем больше я узнавал его, тем сильнее я к нему привязывался. Я скоро его понял. Это была прямо русская душа, правдивая, честная, простая, но, к сожалению, немного вялая, без цепкости и внутреннего жара. Молодость не кипела в нем ключом; она светилась тихим светом. Он был очень мил и умен, но я не мог себе представить, что с ним станется, как только он возмужает. Быть художником... Без горького, постоянного труда не бывает художников... а трудиться, думал я, глядя на его мягкие черты, слушая его неспешную речь - нет! трудиться ты не будешь, сдаться ты не сумеешь. Но не полюбить его не было возможности: сердце так и влеклось к нему. Часа четыре провели мы вдвоем, то сидя на диване, то медленно расхаживая перед домом; и в эти четыре часа сошлись окончательно.

Солнце село, и мне уже пора было идти домой. Ася все еще не возвращалась.

- Экая она у меня вольница! - промолвил Гагин. - Хотите, я пойду провожать вас? Мы по пути завернем к фрау Луизе; я спрошу, там ли она? Крюк не велик.

Мы спустились в город и, свернувши в узкий, кривой переулочек, остановились перед домом в два окна шириною и вышиною в четыре этажа. Второй этаж выступал на улицу больше первого, третий и четвертый еще больше второго; весь дом с своей ветхой резьбой, двумя толстыми внизу, острой черепичной кровлей и протянутым в виде клюва воротом на чердаке казался огромной, сгорбленной птицей.

- Ася! - крикнул Гагин, - ты здесь?

Освещенное окно в третьем этаже стукнуло и открылось, и мы увидали темную головку Аси. Из-за нее выглядывало беззубое и подслеповатое лицо старой немки.

- Я здесь, - проговорила Ася, кокетливо опершись локтями на оконницу, - мне здесь хорошо. На тебе, возьми, - прибавила она, бросая Гагину ветку гераниума, - вообрази, что я дама твоего сердца.

Фрау Луизе засмеялась.

- Н. уходит, - ответил Гагин, - он хочет с тобой проститься.

- Будто? - промолвила Ася, - в таком случае дай ему мою ветку, а я сейчас вернусь.

Она захлопнула окно и, кажется, поцеловала фрау Луизе. Гагин протянул мне молча ветку. Я молча положил ее в карман, дошел до перевоза и перебрался на другую сторону.

Помнится, я шел домой, ни о чем не размышляя, но с странной тяжестью на сердце, как вдруг меня поразил сильный, знакомый, но в Германии редкий запах. Я остановился и увидал возле дороги небольшую грядку конопли. Ее степной запах мгновенно напомнил мне родину и возбудил в душе страстную тоску по ней. Мне захотелось дышать русским воздухом, ходить по русской земле. "Что я здесь делаю, зачем таскаюсь в чужой стороне, между чужими?" - воскликнул я, и мертвенная тяжесть, которую я ощущал на сердце, разрешилась внезапно в горькое и жгучее волнение. Я пришел домой совсем в другом настроении духа, чем накануне. Я чувствовал себя почти рассерженным и долго не мог успокоиться. Непонятная мне самому досада меня разбирала. Наконец, я сел, и, вспомнив о своей коварной вдове, (официальным воспоминанием обо этой даме заключался каждый мой день), достал одну из ее записок. Но я даже не раскрыл ее; мысли мои тотчас приняли иное направление. Я начал думать... думать об Асе. Мне пришло в голову, что Гагин в течение разговора намекнул мне на какие-то затруднения, препятствующие его возвращению в Россию... "Полно, сестра ли она его?" - произнес я громко.

Я разделся, лег и старался заснуть; но час спустя я опять сидел в постели, облокотившись локтем на подушку, и снова думал об этой "капризной девочке с натянутым смехом...". "Она сложена, как маленькая рафаэлевская Галатея в Фарнезине, - шептал я, - да; и она ему не сестра..."

А записка вдовы преспокойно лежала на полу, белея в лучах луны.

V

На следующее утро опять я пошел в Л. Я уверял себя, что мне хочется повидаться с Гагиным, но втайне я хотел посмотреть, что станет делать Ася, так ли она будет "чудить", как накануне. Я застал обоих в гостиной, и странное дело! - оттого ли, что я ночью и утром много размышлял о России, - Ася показалась мне совершенно русской девушкой, простою девушкой, чуть не горничной. На ней было старенькое платьице, волосы она зачесала за уши и сидела, не шевелясь, у окна да шила в пяльцах, скромно, тихо, точно она век свой ничем другим не занималась. Она почти ничего не говорила, спокойно посматривала на свою работу, и черты ее приняли такое незначительное, будничное выражение, что мне невольно вспомнились наши доморощенные Кати и Маши. Для довершения сходства она принялась напевать вполголоса "Матушку, голубушку". Я глядел на ее желтоватое, угасшее личико, вспоминал о вчерашних мечтаниях, и жаль мне было чего-то. Погода была чудесная. Гагин объявил нам, что пойдет сегодня рисовать этюд с натуры: я спросил его, позволит ли он мне провожать его, не помешаю ли я ему?

- Напротив, - возразил он, - вы мне можете хороший совет дать.

Он надел круглую шляпу a la Van Dyck, блузу, взял картон под мышку и отправился; я поплелся вслед за ним. Ася осталась дома. Гагин, уходя, попросил ее позаботиться о том, чтобы суп был не слишком жидок: Ася обещалась побывать на кухне. Гагин добрался до знакомой уже мне долины, присел на камень и начал срисовывать старый дуплистый дуб с раскидистыми сучьями. Я лег на траву и достал книжку; но я двух страниц не прочел, а он только бумагу измарал; мы все больше рассуждали, и, сколько я могу судить, довольно умно и тонко рассуждали о том, как именно должно работать, чего следует избегать, чего придерживаться и какое собственно значение художника в наш век. Гагин, наконец, решил, что он "сегодня не в ударе", лег рядом со мной, и уж тут свободно потекли молодые наши речи, то горячие, то задумчивые, то восторженные, но почти всегда неясные речи, в которых так охотно разливается русский человек. Наболтавшись досыта и наполнившись чувством удовлетворения, словно мы что-то сделали, успели в чем-то, вернулись мы домой. Я нашел Асю точно такою же, какою я ее оставил; как я ни старался наблюдать за нею - ни тени кокетства, ни признака намеренно принятой роли я в ней не заметил; на этот раз не было возможности упрекнуть ее в неестественности.

- А-га! - говорил Гагин, - пост и покаяние на себя наложила.

К вечеру она несколько раз непритворно зевнула и рано ушла к себе. Я сам скоро простился с Гагиным, и, возвратившись домой, не мечтал уже ни о чем: этот день прошел в трезвых ощущениях. Помнится, однако, ложась спать, я невольно промолвил вслух:

- Что за хамелеон эта девушка! - и, подумав немного, прибавил: - А все-таки она ему не сестра.

VI

Прошли целые две недели. Я каждый день посещал Гагиных. Ася словно избегала меня, но уже не позволяла себе ни одной из тех шалостей, которые так удивили меня в первые два дня нашего знакомства. Она казалась втайне огорченной или смущенной; она и смеялась меньше. Я с любопытством наблюдал за ней.

Она довольно хорошо говорила по-французски и по-немецки; но по всему было заметно, что она с детства не была в женских руках и получила воспитание странное, необычное, не имевшее ничего общего с воспитанием самого Гагина. От него, несмотря на его шляпу a la Van Dyck и блузу, так и веяло мягким, полуизнеженным, великорусским дворянином, а она не походила на барышню; во всех ее движениях было что-то неспокойное: этот дичок недавно был привит, это вино еще бродило. По природе стыдливая и робкая, она досадовала на свою застенчивость и с досады насильственно старалась быть развязной и смелой, что ей не всегда удавалось. Я несколько раз заговаривал с ней об ее жизни в России, о ее прошедшем: она неохотно отвечала на мои расспросы; я узнал, однако, что до отъезда за границу она долго жила в деревне. Я застал ее раз за книгой, одну. Опершись головой на обе руки и запустив пальцы глубоко в волосы, она пожирала глазами строки.

- Браво! - сказал я, подойдя к ней, - как вы прилежны!

Она подняла голову, важно и строго посмотрела на меня.

- Вы думаете, что я только смеяться умею, - промолвила она и хотела удалиться...

Я взглянул на заглавие книги: это был какой-то французский роман.

- Однако я ваш выбор похвалить не могу, - заметил я.

- Что же читать! - воскликнула она, и, бросив книгу на стол, прибавила: - Так лучше пойду дурачиться, - и побежала в сад.

В тот же день, вечером, я читал Гагину "Германа и Доротею". Ася сперва все только шныряла мимо нас, потом вдруг остановилась, приникла ухом, тихонько подсела ко мне и прослушала чтение до конца. На следующий день я опять не узнал ее, пока не догадался, что ей вдруг вошло в голову: быть домовитой и степенной, как Доротея. Словом, она являлась мне полузагадочным существом.

Самолюбивая до крайности, она привлекала меня, даже когда я сердился на нее. В одном только я более и более убеждался, а именно в том, что она не сестра Гагина. Он общался с нею не по-братски: слишком ласково, слишком снисходительно и в то же время несколько принужденно.

Странный случай, по-видимому, подтвердил мои подозрения.

Однажды вечером, подходя к виноградинку, где жили Гагины, я нашел калитку запертою. Не долго думавши добрался я до одного обрушенного места в ограде, уже прежде замеченного мною, и перескочил через нее. Недалеко от этого места, в стороне от дорожки, находилась небольшая беседка из акаций; я поравнялся с нею и уже прошел было мимом... Вдруг меня поразил голос Аси, с жаром и сквозь слезы произносившей следующие слова:

- Нет, я никого не хочу любить, кроме тебя, нет, нет, одного тебя я хочу любить - и навсегда.

- Полно, Ася, успокойся, - говорил Гагин, - ты знаешь, я тебе верю.

Голоса их раздавались в беседке. Я увидал их обоих сквозь негустой переплет ветвей. Они меня не заметили.

- Тебя, тебя одного, - повторила она, бросилась ему на шею и с судорожными рыданиями начала целовать его и прижиматься к его груди.

- Полно, полно, - твердил он, слегка проводя рукой по ее волосам.

Несколько мгновений остался я неподвижным... Вдруг я встрепенулся. "Подойти к ним?.. Ни за что!" - сверкнуло у меня в голове. Быстрыми шагами вернулся я к ограде, перескочил через нее на дорогу и чуть не бегом пустился домой. Я улыбался, потирал руки, удивлялся случаю, внезапно подтвердившему мои догадки (я ни на одно мгновение не усомнился в их справедливости), а между тем на сердце у меня было очень горько. "Однако, - думал я, - умеют же они притворяться! Но к чему? Что за охота меня морочить? Не ожидал я этого от него... И что за чувствительное объяснение?"

VII

Я спал дурно и на другое утро встал рано, привязал походную котомочку за спину и, объявив своей хозяйке, чтобы она не ждала меня к ночи, отправился пешком в горы, вверх по течению реки, на которой лежит городок З. Эти горы, отрасли хребта, называемого Собачьей спиной, очень любопытные в геологическом отношении; в особенности замечательные они правильностью и чистотой базальтовых слоев; но мне было не до геологических наблюдений. Я не отдавал себе отчета в том, что во мне происходило; одно чувство было мне ясно: нежелание видеться с Гагиным. Я уверял себя, что единственной причиной моего внезапного нерасположения к ним была досада на их лукавство. Кто принуждал их выдавать себя за родственников? Впрочем, я старался о них не думать; бродил не спеша по горам и долинам, засиживался в деревенских харчевнях, мирно беседуя с хозяевами и гостями, или ложился на плоский согретый камень и смотрел, как плыли облака, благо погода стояла удивительная. В таких занятиях я провел три дня и не без удовольствия, - хотя на сердце у меня щемило по временам. Настроение моих мыслей приходилось как раз под стать спокойной природе того края.

Я отдал себя всего тихой игре случайности, набегавшим впечатлениям; неторопливо смеясь, протекали они по душе и оставили в ней, наконец, одно общее чувство, в котором слилось все, что я видел, ощутил, слышал в эти три дня, - все: тонкий запах смолы по лесам, крик и стук дятлов, немолчная болтовня светлых ручейков с пестрыми форелями на песчаном дне, не слишком смелые очертания гор, хмурые скалы, чистенькие деревеньки с почтенными старыми церквами и деревьями, аисты в лугах, уютные мельницы с проворно вертящимися колесами, радушные лица поселян, их синие камзолы и серые чулки, скрипучие, медлительные возы, запряженные жирными лошадьми, а иногда коровами, молодые длинноволосые странники по чистым дорогам, обсаженным яблонями и грушами...

Даже теперь мне приятно вспоминать мои тогдашние впечатления. Привет тебе, скромный уголок германской земли, с твоим незатейливым довольством, с повсеместными следами прилежных рук, терпеливой, хотя неспешной работы... Привет тебе и мир!

Я пришел домой к самому концу третьего дня. Я забыл сказать, что с досады на Гагиных я попытался воскресить образ жестокосердной вдовы; но мои усилия остались тщетны. Помнится, когда я принялся мечтать о ней, я увидел крестьянскую девочку лет пяти, с круглым любопытным личиком, с невинно выпученными глазенками. Она так детски-простодушно смотрела на меня... Мне стало стыдно ее чистого взора, я не хотел лгать в ее присутствии и тотчас же окончательно и навсегда раскланялся с моим прежним предметом.

Дома я нашел записку от Гагина. Он удивлялся неожиданности моего решения, пенял мне, зачем я не взял его с собою, и просил прийти к ним, как только я вернусь. Я с неудовольствием прочел эту записку, но на другой же день отправился в Л.

Гагин встретил меня по-приятельски, осыпал меня ласковыми упреками; но Ася, точно нарочно, как только увидела меня, расхохоталась без всякого повода и, по своей привычке, тотчас убежала. Гагин смутился, пробормотал ей вслед, что она сумасшедшая, попросил меня извинить ее. Признаюсь, мне стало очень досадно на Асю; уж и без того мне было не по себе, а тут опять этот неестественный смех, эти странные ужимки. Я, однако, показал вид, будто ничего не заметил, и сообщил Гагину подробности моего небольшого путешествия. Он рассказал мне, что делал, когда я отсутствовал. Но речи наши не клеились; Ася входила в комнату и убегала снова; я объявил наконец, что у меня есть спешная работа и что мне пора вернуться домой. Гагин сперва удерживал меня, потом, посмотрев на меня пристально, вызвался провожать меня. В передней Ася вдруг подошла ко мне и протянула мне руку; я слегка пожал ее пальцы и едва поклонился ей. Мы вместе с Гагиным переправились через Рейн, и, проходя мимо любимого моего ясеня с статуйкой мадонны, присели на скамью, чтобы полюбоваться видом. Замечательный разговор произошел тут между нами.

Сперва мы перекинулись несколькими словами, потом замолкли, глядя на светлую реку.

- Скажите, - заговорил вдруг Гагин, со своей обычной улыбкой, - какого вы мнения об Асе? Не правда ли, она должна казаться вам немного странной?

- Да, - ответил я не без некоторого недоумения. Я не ожидал, что он заговорит о ней.

- Ее надо хорошенько узнать, чтобы о ней судить, - промолвил он, - у ней сердце очень доброе, но голова бедовая. Трудно с ней ладить. Впрочем, ее нельзя винить, и если б вы знали ее историю...

- Ее историю? - перебил я, - разве она не ваша ...

Гагин взглянул на меня.

- Уж не думаете ли вы, что она не сестра мне?.. Нет, - продолжал он, не обращая внимания на мое замешательство, - она точно мне сестра, она дочь моего отца. Выслушайте меня. Я чувствую к вам доверие и расскажу вам все.

Отец мой был человек весьма добрый, умный, образованный - и несчастливый. Он женился рано, по любви; жена его, моя мать, умерла очень скоро; я остался после нее шести месяцев. Отец увез меня в деревню и целые двенадцать лет не выезжал никуда. Он сам занимался моим воспитанием и никогда бы со мной не расстался, если б брат его, мой родной дядя, не заехал к нам в деревню. Дядя этот жил постоянно в Петербурге и занимал довольно важное место. Он уговорил отца отдать меня к нему на руки, так как отец ни за что не соглашался покинуть деревню. Дядя представил ему, что мальчику моих лет вредно жить в совершенном уединении, что с таким вечно унылым и молчаливым наставником, каков был мой отец, я непременно отстану от моих сверстников, да и самый нрав мой легко может испортиться. Отец долго противился увещаниям своего брата, однако уступил, наконец. Я плакал, расставаясь с отцом; я любил его, хотя никогда не видел улыбки на лице его... но попавши в Петербург, скоро позабыл наше темное и невеселое гнездо. Я поступил в юнкерскую школу, а из школы перешел в гвардейский полк. Каждый год приезжал я в деревню на несколько недель и с каждым годом находил моего отца все более и более грустным, в себя углубленным, задумчивым до робости. Он каждый день ходил в церковь и почти разучился говорить. В одно из моих посещений (мне уже было лет двадцать с лишком) я в первый раз увидал у нас в доме худенькую черноглазую девочку лет десяти - Асю. Отец сказал, что она сирота и взята им на прокормление - он именно так выразился. Я не обратил особенного внимания на нее; она была дика, проворна и молчалива, как зверек, и как только я входил в любимую комнату моего отца, огромную и мрачную комнату, где скончалась моя мать и где даже днем зажигались свечи, она тотчас пряталась за вольтеровское кресло его или за шкаф с книгами. Случилось так, что в последовавшие за тем три, четыре года обязанности службы помешали мне побывать в деревне. Я получал от отца ежемесячно по короткому письму; об Асе он упоминал редко, и то вскользь. Ему было уже за пятьдесят лет, но он казался еще молодым человеком. Представьте же мой ужас: вдруг я, ничего не подозревавший, получаю от приказчика письмо, в котором он меня извещает о смертельной болезни моего отца и умоляет приехать как можно скорее, если хочу проститься с ним. Я поскакал сломя голову и застал отца в живых, но уже при последнем издыхании. Он обрадовался мне чрезвычайно, обнял меня своими исхудалыми руками, долго поглядел мне в глаза каким-то не то испытующим, не то умоляющим взором, и, взяв с меня слово, что я исполню его последнюю просьбу, велел своему старому камердинеру привести Асю. Старик привел ее: она едва держалась на ногах и дрожала всем телом.

- Вот, - сказал мне с усилием отец, - завещаю тебе мою дочь - твою сестру. Ты все узнаешь от Якова, - прибавил он, указав на камердинера.

Ася зарыдала и упала лицом на кровать... Полчаса спустя мой отец скончался.

Вот что я узнал. Ася была дочь моего отца и бывшей горничной моей матери, Татьяны. Живо я помню эту Татьяну, помню ее высокую стройную фигуру, ее благообразное, строгое, умное лицо с большими темными глазами. Она слыла девушкой гордой и неприступной. Сколько я мог понять из почтительных недомолвок Якова, отец мой сошелся с нею несколько лет спустя после смерти матушки. Татьяна уже не жила тогда в господском доме, а в избе у замужней сестры своей, скотницы. Отец мой сильно к ней привязался и после моего отъезда из деревни хотел даже жениться на ней, но она сама не согласилась быть его женой, несмотря на его просьбы.

- Покойница Татьяна Васильевна, - так докладывал мне Яков, стоя у двери с закинутыми назад руками, - во всем были рассудительны и не захотели батюшку вашего обидеть. Что, мол, я вам за жена? Какая я барыня? Так они говорить изволили, при мне говорили-с.

Татьяна даже не хотела переселится к нам в дом и продолжала жить у своей сестры, вместе с Асей. В детстве я видывал Татьяну только по праздникам, в церкви. Повязанная темным платком, с желтой шалью на плечах, она становилась в толпе, возле окна, - ее строгий профиль четко вырезался на прозрачном стекле, - и смиренно и важно молилась, кланяясь низко, по-старинному. Когда дядя увез меня, Асе было всего два года, а на девятом году она лишилась матери.

Как только Татьяна умерла, отец взял Асю к себе в дом. Он и прежде изъявлял желание иметь ее при себе, но Татьяна ему и в этом отказала. Представьте же себе, что должно было произойти в Асе, когда ее взяли к барину. Она до сих пор не может забыть ту минуту, когда ей в первый раз надели шелковое платье и поцеловали у ней ручку. Мать, пока была жива, держала ее очень строго; у отца она пользовалась совершенной свободой. Он был ее учителем; кроме него, она никого не видала. Он не баловал ее, то есть не нянчился с нею; но он любил ее страстно и никогда ничего ей не запрещал: он в душе считал себя перед ней виноватым. Ася скоро поняла, что она главное лицо в доме, она знала, что барин ее отец; но она так же скоро поняла свое ложное положение; самолюбие развилось в ней сильно, недоверчивость тоже; дурные привычки укоренялись, простота исчезла. Она хотела (она сама мне раз призналась в этом) заставить целый мир забыть ее происхождение; она и стыдилась своей матери, и стыдилась своего стыда, и гордилась ею. Вы видите, что она многое знала и знает, чего не должно бы знать в ее годы ... Но разве она виновата? Молодые силы разыгрывались в ней, кровь кипела, а вблизи ни одной руки, которая бы ее направила. Полная независимость во всем! Да разве легко ее вынести? Она хотела быть не хуже других барышень; она бросилась на книги. Что тут могло выйти путного? Неправильно начатая жизнь слагалась неправильно, но сердце в ней не испортилось, ум уцелел.

И вот я, двадцатилетний малый, очутился с тринадцатилетней девочкой на руках! В первые дни после смерти отца, при одном звуке моего голоса, ее била лихорадка, ласки мои повергали ее в тоску, только понемногу, исподволь, привыкла она ко мне. Правда, потом, когда она убедилась, что я точно признаю ее за сестру и полюбил ее, как сестру, она страстно ко мне привязалась: у ней ни одно чувство не бывает вполовину.

Я привез ее в Петербург. Как мне ни больно было с ней расстаться, - жить с ней вместе я никак не мог; я поместил ее в один из лучших пансионов. Ася поняла необходимость нашей разлуки, но начала с того, что заболела и чуть не умерла. Потом она обтерпелась и выжила в пансионе четыре года; но, против моих ожиданий, осталась почти такою же, какою была прежде. Начальница пансиона часто жаловалась мне на нее. "И наказать ее нельзя, - говаривала она мне, - и на ласку она не подается". Ася была чрезвычайно понятлива, училась прекрасно, лучше всех; но никак не хотела подойти под общий уровень, упрямилась, глядела букой... Я не мог слишком винить ее: в ее положении ей надо было либо прислуживаться, либо дичиться. Изо всех подруг она сошлась только с одной, некрасивой, загнанной и бедной девушкой. Остальные барышни, с которыми она воспитывалась, большей частью из хороших фамилий, не любили ее, язвили ее и кололи, как только могли; Ася им на волос не уступала. Однажды на уроке из закона божия преподаватель заговорил о пороках. "Лесть и трусость - самые дурные пороки", - громко промолвила Ася. Словом, она продолжала идти своей дорогой; только манеры ее стали лучше, хотя и в этом отношении она, кажется, не много успела.

Наконец ей минуло семнадцать лет; оставаться ей долее в пансионе было невозможно. Я находился в довольно большом затруднении. Вдруг мне пришла благая мысль: выйти в отставку, поехать за границу на год или на два и взять Асю с собой. Задумано - сделано; и вот мы с ней на берегах Рейна, где я стараюсь заниматься живописью, а она ... шалит и чудит по-прежнему. Но теперь я надеюсь, что вы не станете судить ее слишком строго; а она хоть и притворяется, что ей все нипочем, - мнением каждого дорожит, вашим же мнением в особенности.

И Гагин опять улыбнулся своей тихой улыбкой. Я крепко стиснул ему руку.

- Все так, - заговорил опять Гагин, - но с нею мне беда. Порох она настоящий. До сих пор ей никто не нравился, но беда, если она кого полюбит! Я иногда не знаю, как с ней быть. На днях она что вздумала: начала вдруг уверять меня, что я к ней стал холоднее прежнего и что она одного меня любит и век будет меня одного любить ... И при этом так расплакалась ...

- Так вот что ... - промолвил было я и прикусил язык.

- А скажите-ка мне, - спросил я Гагина: дело между нами пошло на откровенность, - неужели в самом деле ей до сих пор никто не нравился? В Петербурге видела же она молодых людей?

- Они-то ей и не нравились вовсе. Нет, Асе нужен герой, необыкновенный человек - или живописный пастух в горном ущелье. А впрочем, я заболтался с вами, задержал вас, - прибавил он, вставая.

- Послушайте, - начал я, - пойдемте к вам, мне домой не хочется.

- А работа ваша?

Я ничего не ответил; Гагин добродушно усмехнулся, и мы вернулись в Л. Увидев знакомый виноградник и белый домик на верху горы, я почувствовал какую-то сладость - именно сладость на сердце. Мне стало легко после гагинского рассказа.

VIII

Ася встретила нас на самом пороге дома; я снова ожидал смеха; но она вышла к нам вся бледная, молчаливая, с потупленными глазами.

- Вот он опять, - заговорил Гагин, - и, заметь, сам захотел вернуться.

Ася вопросительно посмотрела на меня. Я в свою очередь протянул ей руку и на этот раз крепко пожал ее холодные пальчики. Мне стало очень жаль ее; теперь я многое понимал в ней, что прежде сбивало меня с толку: ее внутреннее беспокойство, неуменье держать себя, желание порисоваться - все мне стало ясно. Я понял, почему эта странная девочка меня привлекала; не одной только полудикой прелестью, разлитой по всему ее тонкому телу, привлекала она меня: ее душа мне нравилась.

Гагин начал копаться в своих рисунках; я предложил Асе погулять со мной по винограднику. Она тотчас согласилась, с веселой и почти покорной готовностью. Мы спустились до половины горы и присели на широкую плиту.

- И вам не скучно было без нас? - начала Ася.

- А вам без меня было скучно? - спросил я.

Ася взглянула на меня сбоку.

- Да, - ответила она. - Хорошо в горах? - продолжала она тотчас, - они высоки? Выше облаков? Расскажите мне, что вы видели. Вы рассказывали брату, но я ничего не слыхала.

— Вольно ж было вам уходить, — заметил я.

— Я уходила ... потому что ... Я теперь вот не уйду, — прибавила она с доверчивой лаской в голосе, — вы сегодня были сердиты.

— Я?

— Вы.

— Отчего же, помилуйте...

— Не знаю, но вы были сердиты и ушли сердитыми. Мне было очень досадно, что вы так ушли, и я рада, что вы вернулись.

— И я рад, что вернулся, — промолвил я.

Ася повел плечами, как это часто делают дети, когда им хорошо.

— О, я умею отгадывать! — продолжала она, — бывало, я по одному папашиному кашлю из другой комнаты узнавала, доволен ли он мной или нет.

До этого дня Ася ни разу не говорила мне о своем отце. Меня это поразило.

— Вы любили вашего батюшку? — проговорил я и вдруг, к великой моей досаде, почувствовал, что краснею. Она ничего не отвечала и покраснела тоже. Мы оба замолкли. Вдали по Рейну бежал и дымился пароход. Мы принялись глядеть на него.

— Что же вы не рассказываете? — прошептала Ася.

— Отчего вы сегодня рассмеялись, как только увидели меня? — спросил я.

— Сама не знаю. Иногда мне хочется плакать, а я смеюсь. Вы не должны судить меня... по тому, что я делаю. Ах, кстати, что это за сказка о Лорелее? Ведь это ЕЕ скала виднеется? Говорят, она прежде всех топила, а как полюбила, сама бросилась в воду. Мне правится эта сказка. Фрау Луизе мне всякие сказки сказывает. У фрау Луизе есть черный кот с желтыми глазами...

Ася подняла голову и встряхнула кудрями.

— Ах, мне хорошо, — проговорила она.

В это мгновенье до нас долетели отрывочные, однообразные звуки. Сотни голосов разом и с мерными остановками повторяли молитвенный напев: толпа богомольцев тянулась внизу по дороге с крестами и хоругвями...

- Вот бы пойти с ними, - сказала Ася, прислушиваясь к постепенно ослабевавшим взрывам голосов.

- Разве вы такая набожны?

- Пойти куда-нибудь далеко, на молитву, на трудный подвиг, - - продолжала она. - А то дни уходят, жизнь уйдет, а что мы сделали?

- Вы честолюбивы, - заметил я, - вы хотите прожить не даром, след за собой оставить...

- А разве это невозможно?

"Невозможно", - чуть было не повторил я... Но я взглянул в ее светлые глаза и только промолвил:

- Попытайтесь.

- Скажите, - заговорила Ася после небольшого молчания, в течение которого какие-то тени пробежали у ней по лицу, уже успевшему побледнеть, - вам очень нравилась та дама ... Вы помните, брат пил за ее здоровье в развалине, на второй день нашего знакомства?

Я засмеялся.

- Ваш брат шутил; мне ни одна дама не нравилась; по крайней мере теперь ни одна не нравится. - А что вам нравится в женщинах? - спросила Ася, закинув голову с невинным любопытством.

- Какой странный вопрос! - воскликнул я.

Ася слегка смутилась.

- Я не должна была сделать вам такой вопрос, не правда ли? Извините меня, я привыкла болтать все, что мне в голову входит. Оттого-то я и боюсь говорить.

- Говорите, ради бога, не бойтесь, - подхватил я, - я так рад, что вы, наконец, перестаете дичиться.

Ася опустила глаза и засмеялась тихим и легким смехом; я не знал за ней такого смеха.

- Ну, рассказывайте же, - продолжала она, разглаживая полы своего платья и укладывая их себе на ноги, точно она усаживалась надолго, - рассказывайте или прочитайте что-нибудь, как, помните, вы нам читали из "Онегина" ...

Она вдруг задумалась ...

Где нынче крест и тень ветвей

Над бедной матерью моей! -проговорила она вполголоса.

- У Пушкина не так, - заметил я.

- А я хотела бы быть Татьяной, - продолжала она все так же задумчиво. - Рассказывайте, - подхватила она с живостью.

Но мне было не до рассказов. Я глядел на нее, всю облитую ясным солнечным лучом, всю успокоенную и кроткую. Все радостно сияло вокруг нас, внизу, над нами - небо, земля и воды; самый воздух, казалось, был насыщен блеском.

- Посмотрите, как хорошо! - сказал я, невольно понизив голос.

- Да, хорошо! так же тихо отвечала она, не смотря на меня. - Если бы мы с вами были птицы, - как бы мы взвились, как бы полетели ... Так бы и утонули в этой синеве ... Но мы не птицы.

- А крылья могут у нас вырасти, - возразил я.

- Как?

- Поживите - узнаете. Есть чувства, которые поднимают нас от земли. Не беспокойтесь, у вас будут крылья.

- А у вас были?

- Как вам сказать... Кажется, до сих пор я еще не летал.

Ася опять задумалась. Я слегка наклонился к ней.

- Умеете вы вальсировать? - спросила она вдруг.

- Умею, - ответил я, несколько озадаченный.

- Так пойдемте, пойдемте ... Я попрошу брата сыграть нам вальс ... Мы вообразим, что мы летаем, что у нас выросли крылья.

Она побежала к дому. Я побежал вслед за нею - и несколько мгновений спустя мы кружились в тесной комнате, под сладкие звуки Ланнера. Ася вальсировала прекрасно, с увлечением. Что-то мягкое, женское проступило вдруг сквозь ее девически строгий облик. Долго потом рука моя чувствовала прикосновение ее нежного стана, долго слышалось мне ее ускоренное, близкое дыхание, долго мерещились темные, неподвижные, почти закрытые глаза на бледном, но оживленном лице, резво обвеянном кудрями.

IX

Весь этот день прошел как нельзя лучше. Мы веселились, как дети. Ася была очень мила и проста. Гагин радовался, глядя на нее. Я ушел поздно. Въехавши на середину Рейна, я попросил перевозчика пустить лодку вниз по течению. Старик поднял весла - и царственная река понесла нас. Глядя кругом, слушая, вспоминая, я вдруг почувствовал тайное беспокойство на сердце... поднял глаза к небу - но и в небе не было покоя: испещренное звездами, оно все шевелилось, двигалось, содрогалось; я склонился к реке... но и там, и в этой темной, холодной глубине, тоже колыхались, дрожали звезды; тревожное оживление мне чудилось повсюду - и тревога росла во мне самом. Я облокотился на край лодки... Шепот ветра в моих ушах, тихое журчанье воды за кормою меня раздражали, и свежее дыханье волны не охлаждало меня; соловей запел на берегу и заразил меня сладким ядом своих звуков. Слезы закипали у меня на глазах, но то не были слезы беспредметного восторга. Что я чувствовал, было не то смутное, еще недавно испытанное ощущение всеобъемлющих желаний, когда душа ширится, звучит, когда ей кажется, что она все понимает и любит.. Нет! во мне зажглась жажда счастья. Я еще не смел называть его по имени, - но счастья, счастья до пресыщения - вот чего хотел я, вот о чем томился... А лодка все неслась, и старик перевозчик сидел и дремал, наклонясь над веслами.

X

Отправляясь на следующий день к Гагиным, я не спрашивал себя, влюблен ли я в Асю, но я много размышлял о ней; ее судьба меня занимала, я радовался неожиданному нашему сближению. Я чувствовал, что только со вчерашнего дня я узнал ее; до тех пор она отворачивалась от меня. И вот, когда она раскрылась, наконец, передо мною, каким пленительным светом озарился ее образ, как он был нов для меня, какие тайный обаяния стыдливо в нем сквозили...

Бодро шел я по знакомой дороге, беспрестанно посматривая на издали белевший домик, я не только о будущем - я о завтрашнем дне не думал; мне было очень хорошо.

Ася покраснела, когда я вошел в комнату; я заметил, что она опять принарядилась, но выражение ее лица не шло к ее наряду:

оно было печально. А я пришел таким веселым! Мне показалось даже, что она, по обыкновению своему, собралась было бежать, но сделала усилие над собой - и осталась. Гагин находился в том особенном состоянии художнического жара и ярости, которое, в виде припадка, внезапно овладевает дилетантами, когда они вообразят, что им удалось, как они выражаются, "поймать природу за хвост". Он стоял, весь взъерошенный и выпачканный красками, перед натянутым холстом и, широко размахивая по нем кистью, почти свирепо кивнул мне головой, отодвинулся, прищурил глаза и снова накинулся на свою картину. Я не стал мешать ему и подсел к Асе. Медленно обратились ко мне ее темные глаза.

- Вы сегодня не такая, как вчера, - заметил я после тщетных усилий вызвать улыбку на ее губы.

- Нет, не такая, - ответила она неторопливым и глухим голосом. - Но это ничего... Я нехорошо спала, всю ночь думала.

- О чем?

- Ах, я о многом думала. Это у меня привычка с детства: еще с того времени, когда я жила с матушкой...

Она с усилием выговорила это слово и потом еще раз повторила:

- Когда я жила с матушкой... я думала, отчего это никто не может знать, что с ним будет; а иногда и видишь беду - да спастись нельзя; и отчего никогда нельзя сказать всей правды?... Потом я думала, что я ничего не знаю, что мне надобно учиться. Меня перевоспитать надо, я очень дурно воспитана. Я не умею играть на фортепьяно, не умею рисовать, я даже шью плохо. У меня нет никаких способностей, со мной должно быть очень скучно.

- Вы несправедливы к себе, - возразил я. - Вы много читали, вы образованны, и с вашим умом...

- А я умна? - спросила она с такой наивной любознательностью, что я невольно засмеялся; но она даже не улыбнулась. - Брат, я умна? - спросила она Гагина.

Он ничего не отвечал ей и продолжал трудиться, беспрестанно меняя кисти и высоко поднимая руку.

- Я сама не знаю иногда, что у меня в голове, - продолжала Ася с тем же задумчивым видом. - Я иногда самой себя боюсь, ей-богу. Ах, я хотела бы... Правда ли, что женщинам не следует читать много?

- Много не нужно, но...

- Скажите мне, что я должна читать? скажите, что я должна делать? Я все буду делать, что вы мне скажете, - прибавила она, с невинной доверчивостью обратясь ко мне.

Я не тотчас нашелся, что сказать ей.

- Ведь вам не будет скучно со мной?

- Помилуйте, - начал я.

- Ну, спасибо! - возразила Ася, - а я думала, что вам скучно будет.

И ее маленькая горячая ручка крепко стиснула мою.

- Н.! - вскрикнул в это мгновение Гагин, - не темен ли этот фон?

Я подошел к нему. Ася встала и удалилась.

XI

Она вернулась через час, остановилась в дверях и подозвала меня рукою.

- Послушайте, - сказала она, - если б я умерла, вам было бы жаль меня?

- Что у вас за мысли сегодня! - воскликнул я.

- Я воображаю, что я скоро умру; мне иногда кажется, что все вокруг меня со мной прощается. Умереть лучше, чем жить так... Ах! не глядите так на меня; я, право, не притворяюсь. А то я вас опять бояться буду.

- Разве вы меня боялись?

- Если я такая странная, я, право, не виновата, - возразила она. - Видите, я уж и смеяться не могу...

Она осталась печальной и озабоченной до самого вечера. Что-то происходило в ней, чего я не понимал. Ее взор часто останавливался на мне; сердце мое тихо сжималось под этим загадочным взором. Она казалась спокойною, а мне, глядя на нее, все хотелось сказать ей, чтобы она не волновалась. Я любовался ею, я находил трогательную прелесть в ее побледневших чертах, в ее нерешительных, замедленных движениях - а ей почему-то воображалось, что я не в духе.

- Послушайте, - сказала она мне незадолго до прощанья, - меня мучит мысль, что вы меня считаете легкомысленной... Вы вперед всегда верьте тому, что я вам говорить буду, только и вы будьте со мной откровенны; а я вам всегда буду говорить правду, даю вам честное слово...

Это "честное слово" опять заставило меня засмеяться.

- Ах, не смейтесь, - проговорила она с живостью, - а то я вам скажу сегодня то, что вы мне сказали вчера: "Зачем вы смеетесь?" - и, помолчав немного, она прибавила: - Помните, вы вчера говорили о крыльях?... Крылья у меня выросли - да лететь некуда.

- Помилуйте, - промолвил я, - перед вами все пути открыты.

Ася посмотрела мне прямо и пристально в глаза.

- Вы сегодня дурного мнения обо мне, - сказала она, нахмурив брови.

- Я? дурного мнения? о вас!...

- Что вы точно в воду опущенные, - перебил меня Гагин, - хотите, я, по-вчерашнему, сыграю вам вальс?

- Нет, нет, - возразила Ася и стиснула руки, - сегодня ни за что!

- Я тебя не принуждаю, успокойся...

- Ни за что, - повторила она, бледнея.

"Неужели она меня любит?" - думал я, подходя к Рейну, быстро катившему темные волны.

XII

"Неужели она меня любит?" - спрашивал я себя на другой день, только что проснувшись. Я не хотел заглядывать в самого себя. Я чувствовал, что ее образ, образ "девушки с натянутым смехом", втеснился мне в душу и что мне от него не скоро отделаться. Я пошел в Л. и остался там целый день, но Асю видел только мельком. Ей нездоровилось, у ней голова болела. Она сошла вниз, на минутку, с повязанным лбом, бледная, худенькая, с почти закрытыми глазами; слабо улыбнулась, сказала: "Это пройдет, это ничего, все пройдет, не правда ли?" - и ушла. Мне стало скучно и как-то грустно-пусто; я, однако, долго не хотел уходить и вернулся поздно, не увидав ее более.

Следующее утро прошло в каком-то полусне сознания. Я хотел приняться за работу - не мог; хотел ничего не делать и не думать... и это не удалось. Я бродил по городу; возвращался домой, выходил снова.

- Вы ли господин Н.? - раздался вдруг за мной детский голос. Я оглянулся; передо мною стоял мальчик. - Это вам от фрейлейн Annette, - прибавил он, подавая мне записку.

Я развернул ее - и узнал неправильный и быстрый почерк Аси. "Я непременно должна вас видеть, - писала мне она, - приходите сегодня в четыре часа к каменной часовне на дороге возле развалины. Я сделала сегодня большую неосторожность... Приходите, ради бога, вы все узнаете... Скажите посланному: да".

- Будет ответ? - спросил меня мальчик.

- Скажи, что да, - отвечал я.

Мальчик убежал.

XIII

Я пришел к себе в комнату, сел и задумался. Сердце во мне сильно билось. Несколько раз перечел я записку Аси. Я посмотрел на часы: и двенадцати еще не было.

Дверь отворилась - вошел Гагин.

Лицо его было пасмурным. Он схватил меня за руку и крепко пожал ее. Он казался очень взволнованным.

- Что с вами? - спросил я.

Гагин взял стул и сел против меня.

- Четвертого дня, - начал он с принужденной улыбкой и запинаясь, - я удивил вас своим рассказом; сегодня удивлю еще более. С другим я, вероятно, не решился бы... так прямо... Но вы благородный человек, вы мне друг, не так ли? Послушайте: моя сестра, Ася, в вас влюблена.

Я вздрогнул и приподнялся...

- Ваша сестра, говорите вы...

- Да, да, - перебил меня Гагин. - Я вам говорю, она сумасшедшая и меня с ума сведет. Но, к счастью, она не умеет лгать - и доверяет мне. Ах, что за душа у этой девочки... но она себя погубит, непременно.

- Да вы ошибаетесь, - начал я.

- Нет, не ошибаюсь. Вчера, вы знаете, она почти целый день пролежала, ничего не ела, впрочем не жаловалась... Она никогда не жалуется. Я не беспокоился, хотя к вечеру у нее сделался небольшой жар. Сегодня, в два часа ночи, меня разбудила наша хозяйка: "Ступайте, говорит, к вашей сестре: с ней что-то худо". Я побежал к Асе и нашел ее нераздетою, в лихорадке, в слезах; голова у нее горела, зубы стучали. "Что с тобой? - спросил я, - ты больна?" Она бросилась мне на шею и начала умолять меня увезти ее как можно скорее, если я хочу, чтобы она осталась в живых... Я ничего не понимаю, стараюсь ее успокоить... Рыдания ее усиливаются... и вдруг сквозь эти рыдания услышал я... Ну, словом, я услышал, что она вас любит. Уверяю вас, мы с вами, благоразумные люди, и представить себе не можем, как она глубоко чувствует и с какой невероятной силой высказываются в ней эти чувства; это находит на нее так же неожиданно и так же неотразимо, как гроза. Вы очень милый человек, - продолжал Гагин, - но почему она вас так полюбила, этого я, признаюсь, не понимаю. Она говорит, что привязалась к вам с первого взгляда. Оттого она и плакала на днях, когда уверяла меня, что, кроме меня, никого любить не хочет. Она воображает, что вы ее презираете, что вы, вероятно, знаете, кто она; она спрашивала меня, не рассказал ли я вам ее историю, - я, разумеется, сказал, что нет; но чуткость ее - просто страшна. Она желает одного: уехать, уехать тотчас. Я просидел с ней до утра; она взяла с меня слово, что нас завтра же здесь не будет, - и тогда только она заснула. Я подумал, подумал и решился - поговорить с вами. По-моему, Ася права: самое лучшее - уехать нам обоим отсюда. И я сегодня же бы увез ее, если б не пришла мне в голову мысль, которая меня остановила. Может быть... как знать? - вам сестра моя нравится? Если так, с какой стати я увезу ее? Я вот и решился, отбросив в сторону всякий стыд... Притом же я сам кое-что заметил... Я решился... узнать от вас... - Бедный Гагин смутился. - Извините меня, пожалуйста, - прибавил он, - я не привык к таким передрягам.

Я взял его за руку.

- Вы хотите знать, - произнес я твердым голосом, - нравится ли мне ваша сестра? Да, она мне нравится...

Гагин взглянул на меня.

- Но, - проговорил он, запинаясь, - ведь вы не женитесь на ней?

- Как вы хотите, чтобы я отвечал на такой вопрос? Посудите сами, могу ли я теперь...

- Знаю, знаю, - перебил меня Гагин. - Я не имею никакого права требовать от вас ответа, и вопрос мой - верх неприличия... Но что прикажете делать? С огнем шутить нельзя. Вы не знаете Асю; она в состоянии занемочь, убежать, свиданье вам назначить... Другая умела бы все скрыть и выждать - но не она. С нею это в первый раз - вот что беда! Если бы вы видели, как она сегодня рыдала у ног моих, вы бы поняли мои опасения.

Я задумался. Слова Гагина "свиданье вам назначить" кольнули меня в сердце. Мне показалось постыдным не отвечать откровенностью на его честную откровенность.

- Да, - сказал я наконец, - вы правы. Час тому назад я получил от вашей сестры записку. Вот она.

Гагин взял записку, быстро пробежал ее и уронил руки на колени. Выражение изумления на его лице было очень забавным, но мне было не до смеху.

- Вы, повторяю, благородный человек, - проговорил он, - но что же теперь делать? Как? она сама хочет уехать, и пишет к вам, и упрекает себя в неосторожности... и когда это она успела написать? Чего ж она хочет от вас?

Я успокоил его, и мы принялись толковать хладнокровно по мере возможности о том, что нам следовало предпринять.

Вот что мы остановились, наконец: во избежание беды я должен был идти на свидание и честно объясниться с Асей; Гагин обязался сидеть дома и не подать вида, что ему известна ее записка; а вечером мы положили сойтись опять.

- Я твердо надеюсь на вас, - сказал Гагин и стиснул мне руку, - пощадите и ее и меня. А уезжаем мы все-таки завтра, - - прибавил он, вставая, - потому что ведь вы на Асе не женитесь.

- Дайте мне сроку до вечера, - возразил я.

- Пожалуй, но вы не женитесь.

Он ушел, а я бросился на диван и закрыл глаза. Голова у меня ходила кругом: слишком много впечатлений в нее нахлынуло разом. Я досадовал на откровенность Гагина, я досадовал на Асю, ее любовь меня и радовала и смущала. Я не мог понять, что заставило ее все высказать брату; неизбежность скорого, почти мгновенного решения терзала меня...

"Жениться на семнадцатилетней девочке, с ее нравом, как это можно!" - сказал я, вставая.

XIV

В условленный час я переправился через Рейн, и первое лицо, встретившее меня на противоположном берегу, был тот самый мальчик, который приходил ко мне поутру. Он, по-видимому, ждал меня.

- От фрейлейн Annette, - сказал он шепотом и подал мне другую записку.

Ася извещала меня о перемене места нашего свидания. Я должен был прийти через полтора часа не к часовне, а в дом к фрау Луизе, постучаться внизу и войти в третий этаж.

- Опять: да? - спросил меня мальчик.
- Да, - повторил я и пошел по берегу Рейна.

Вернуться домой было некогда, я не хотел бродить по улицам. За городской стеною находился маленький сад с навесом для кеглей и столами для любителей пива. Я вошел туда. Несколько уже пожилых немцев играли в кегли; со стуком катились деревянные шары, изредка раздавались одобрительные восклицания. Хорошенькая служанка с заплаканными глазами принесла мне кружку пива; я взглянул в ее лицо. Она быстро отворотилась и отошла прочь.

- Да, - промолвил тут же сидевший толстый и краснощекий гражданин, - Ганхен наша сегодня очень огорчена: жених ее пошел в солдаты.

Я посмотрел на нее; она прижалась в уголок и подперла рукой щеку; слезы капали одна за другой по ее пальцам. Кто-то спросил пива; она принесла ему кружку и опять вернулась на свое место. Ее горе подействовало на меня; я начал думать об ожидавшем меня свидании, но мои думы были заботливые, невеселые думы. Не с легким сердцем шел я на это свидание, не предаваться радостям взаимной любви предстояло мне; мне предстояло сдержать данное слово, исполнить трудную обязанность. "С ней шутить нельзя" - эти слова Гагина, как стрелы, впились в мою душу. А еще четвертого дня в этой лодке, не томился ли я жаждой счастья? Оно стало возможным - и я колебался, я отталкивал, я должен был оттолкнуть его прочь... Его внезапность меня смущала. Сама Ася, с ее огненной головой, с ее прошедшим, с ее воспитанием, это привлекательное, но странное существо - признаюсь, она меня пугала. Долго боролись во мне чувства. Назначенный срок приближался. "Я не могу на ней жениться, - решил я, наконец, - она не узнает, что и я полюбил ее".

Я встал - и, положив талер в руку бедной Ганхен (она даже не поблагодарила меня), направился к дому фрау Луизе. Вечерние тени уже разливались в воздухе, и узкая полоса неба, над темной улицей, алела отблеском зари. Я слабо стукнул в дверь; она тотчас отворилась. Я переступил порог и очутился в совершенной темноте.

- Сюда! - послышался я старушечий голос. - Вас ждут.

Я шагнул раза два ощупью, чья-то костлявая рука взяла мою руку.

- Вы это, фрау Луизе? - спросил я.

- Я, - отвечал мне тот же голос, - я, мой прекрасный молодой человек.

Старуха повела меня опять вверх, по крутой лестнице, и остановилась на площадке третьего этажа. При слабом свете, падавшем из крошечного окошка, я увидал морщинистое лицо вдовы бургомистра. Приторно-лукавая улыбка растягивала ее ввалившиеся губы, ежила тусклые глазки. Она указала мне на маленькую дверь. Судорожным движением руки отворил я ее и захлопнул за собой.

XV

В небольшой комнате, куда я вошел, было довольно темно, и я не тотчас увидел Асю. Закутанная в длинную шаль, она сидела на стуле возле окна, отвернув и почти спрятав голову, как испуганная птичка. Она дышала быстро и вся дрожала. Мне стало несказанно жалко ее. Я подошел к ней. Она еще больше отвернула голову...

- Анна Николаевна, - сказал я.

Она вдруг вся выпрямилась, хотела взглянуть на меня - и не могла. Я схватил ее руку, она была холодна и лежала, как мертвая, на моей ладони.

— Я желала... — начала Ася, стараясь улыбнуться, но ее бледные губы не слушались ее, — я хотела... Нет, не могу, — проговорила она и умолкла. Действительно, голос ее прерывался на каждом слове.

Я сел подле нее.

— Анна Николаевна, — повторил я и тоже не мог ничего прибавить.

Настало молчание. Я продолжал держать ее руку и глядел на нее. Она по-прежнему вся сжималась, дышала с трудом и тихонько покусывала нижнюю губу, чтобы не заплакать, чтобы удержать накипавшие слезы... Я глядел на нее; было что-то трогательно-беспомощное в ее робкой неподвижности: точно она от усталости едва добралась до стула и так и упала на него. Сердце во мне растаяло...

— Ася, — сказал я чуть слышно...

Она медленно подняла на меня свои глаза... О, взгляд женщины, которая полюбила, — кто тебя опишет? Они молили, эти глаза, они доверялись, вопрошали, отдавались... Я не мог противиться их обаянию. Тонкий огонь пробежал по мне жгучими иглами, я нагнулся и приник к ее руке...

Послышался трепетный звук, похожий на прерывистый вздох, и я почувствовал на моих волосах прикосновение слабой, как лист дрожавшей руки. Я поднял голову и увидел ее лицо. Как оно вдруг преобразилось! Выражение страха исчезло с него, взор ушел куда-то далеко и увлекал меня за собою, губы слегка раскрылись, лоб побледнел как мрамор, и кудри отодвинулись назад, как будто ветер их откинул. Я забыл все, я потянул ее к себе — покорно повиновалась ее рука, все тело ее повлеклось вслед за рукою, шаль покатилась с плеч, и голова ее тихо легла на мою грудь, легла под мои загоревшиеся губы...

— Ваша... — прошептала она чуть слышно.

Уже руки мои скользили вокруг ее стана... Но вдруг воспоминание о Гагине, как молния, меня озарило.

— Что мы делаем!.. — воскликнул я и судорожно отодвинулся назад. — Ваш брат... ведь он все знает... Он знает, что я вижусь с вами.

Ася опустилась на стул.

- Да, - продолжал я, вставая и отходя в другой угол комнаты. - Ваш брат все знает... Я должен был ему все сказать.

- Должны? - проговорила она невнятно. Она, видимо, не могла еще прийти в себя и плохо меня понимала.

- Да, да, - повторил я с каким-то ожесточением, - и в этом вы одни виноваты, вы одни. Зачем вы сами выдали вашу тайну? Кто заставлял вас все высказать вашему брату? Он сегодня был сам у меня и передал мне ваш разговор с ним. - Я старался не глядеть на Асю и ходил большими шагами по комнате. - Теперь все пропало, все, все.

Ася поднялась было со стула.

- Останьтесь, - воскликнул я, - останьтесь, прошу вас. Вы имеете дело с честным человеком, - да, с честным человеком. Но, ради бога, что взволновало вас? Разве вы заметили во мне какую перемену? А я не мог скрываться перед вашим братом, когда он пришел сегодня ко мне.

"Что я такое говорю?" - думал я про себя, и мысль, что я безнравственный обманщик, что Гагин знает о нашем свидании, что все искажено, обнаружено, - так и звенела у меня в голове.

- Я не звала брата, - послышался испуганный шепот Аси, - он пришел сам.

- Посмотрите же, что вы наделали, - продолжал я. - Теперь вы хотите уехать...

- Да, я должна уехать, - так же тихо проговорила она, - я и попросила вас сюда для того только, чтобы проститься с вами.

- И вы думаете, - возразил я, - мне будет легко с вами расстаться?

- Но зачем же вы сказали брату? - с недоумением повторила Ася.

- Я вам говорю - я не мог поступить иначе. Если бы вы сами не выдали себя...

- Я заперлась в моей комнате, - возразила она простодушно, – я не знала, что у моей хозяйки был другой ключ...

Это невинное извинение, в ее устах, в такую минуту - меня тогда чуть не рассердило... а теперь я без умиления не могу его вспомнить. Бедное, честное, искреннее дитя!

- И вот теперь все кончено! - начал я снова. - Все. Теперь нам должно расстаться. - Я украдкой взглянул на Асю... лицо ее быстро краснело. Ей, я это чувствовал, и стыдно становилось и страшно. Я сам ходил и говорил как в лихорадке. - Вы не дали развиться чувству, которое начинало созревать, вы сами разорвали нашу связь, вы не имели ко мне доверия, вы усомнились во мне...

Пока я говорил, Ася все больше и больше наклонялась вперед - и вдруг упала на колени, уронила голову на руки и зарыдала. Я подбежал к ней, пытался поднять ее, но она мне не давалась. Я не выношу женских слез: при виде их я тотчас теряюсь.

- Анна Николаевна, Ася, - твердил я, - пожалуйста, умоляю вас, ради бога, перестаньте... - Я снова взял ее за руку...

Но, к величайшему моему изумлению, она вдруг вскочила - с быстротою молнии бросилась к двери и исчезла...

Когда несколько минут спустя фрау Луизе вошла в комнату - я все еще стоял по самой середине ее, уж точно как громом пораженный. Я не понимал, как могло это свидание так быстро, так глупо кончиться - кончиться, когда я и сотой доли не сказал того, что хотел, что должен был сказать, когда я еще сам не знал, чем оно разрешиться...

- Фрейлейн ушла? - спросила меня фрау Луизе, приподняв свои желтые брови до самой накладки.

Я посмотрел на нее как дурак - и вышел вон.

XVI

Я выбрался из города и пустился прямо в поле. Досада, досада бешеная, меня грызла. Я осыпал себя укоризнами. Как я мог не понять причину, которая заставила Асю переменить место нашего свидания, как не оценить, чего ей стоило прийти к этой старухе, как я не удержал ее! Наедине с ней в той глухой, едва освещенной комнате у меня достало силы, достало духа - оттолкнуть ее от себя, даже упрекать ее. А теперь ее образ меня преследовал, я просил у нее прощения; воспоминания об этом бледном лице, об этих влажных и робких глазах, о развитых волосах, о легком прикосновении ее головы к моей груди - жгли меня. "Ваша..." - слышался мне ее шепот. "Я поступил по совести", - уверял я себя... Неправда! Разве я точно хотел такой развязки? Разве я в состоянии с ней расстаться? Разве я могу лишиться ее?" "Безумец! Безумец!" - повторял я с озлоблением...

Между тем ночь наступала. Большими шагами направился я к дому, где жила Ася.

XVII

Гагин вышел мне навстречу.

- Видели вы сестру? - закричал он мне еще издали.

- Разве ее нет дома? - спросил я.

- Нет.

- Она не возвращалась?

- Нет. Я виноват, - продолжал Гагин, - не мог утерпеть: против нашего уговора, ходил к часовне; там ее не было; стало быть, она не приходила?

- Она не была у часовни.

- И вы ее не видели?

Я должен был сознаться, что я ее видел.

- Где?

- У фрау Луизе. Я расстался с ней час тому назад, - прибавил я, - я был уверен, что она домой вернулась.

- Подождем, - сказал Гагин.

Мы вошли в дом и сели друг подле друга. Мы молчали. Нам очень неловко было обоим. Мы беспрестанно оглядывались, посматривали на дверь, прислушивались. Наконец, Гагин встал.

- Это ни на что не похоже! - воскликнул он, - у меня сердце не на месте. Она меня уморит, ей-богу... Пойдемте искать ее.

Мы вышли. На дворе уже совсем стемнело.

- О чем же вы с ней говорили? - спросил меня Гагин, надвигая шляпу на глаза.

- Я видел ее всего минут пять, - отвечал я, - я говорил с ней, как было условлено.

- Знаете ли что? - возразил он, - лучше нам разойтись, этак мы скорее на нее наткнуться можем. Во всяком случае приходите сюда через час.

XVIII

Я проворно спустился с виноградника и бросился в город. Быстро обошел я все улицы, заглянул всюду, даже в окна фрау Луизе, вернулся к Рейну и побежал по берегу... Изредка попадались мне женские фигуры, но Аси нигде не было видно. Уже не досада меня грызла, - тайный страх терзал меня, и не один страх я чувствовал... нет, я чувствовал раскаяние, сожаление самое жгучее, любовь - да! - самую нежную любовь. Я ломал руки, я звал Асю посреди надвигавшейся ночной тьмы, сперва вполголоса, потом все громче и громче; я повторял сто раз, что я ее люблю, я клялся никогда с ней не расставаться; я дал бы все на свете, чтобы опять держать ее холодную руку, опять слышать ее тихий голос, опять видеть ее перед собою... Она была так близка, она пришла ко мне с полной решимостью, в полной невинности сердца и чувств, она принесла мне свою нетронутую молодость... и я не прижал ее к своей груди, я лишил себя блаженства увидеть, как ее милое лицо расцвело бы радостью и тишиной восторга... Эта мысль меня с ума сводила.

"Куда она могла пойти, что она с собою сделала?" - восклицал я в тоске бессильного отчаяния... Что-то белое мелькнуло вдруг на самом берегу реки. Я знал это место; там, над могилой человека, утонувшего лет семьдесят тому назад, стоял до половины вросший в землю каменный крест со старинной надписью. Сердце во мне замерло... Я подбежал к кресту: белая фигура исчезла. Я крикнул: "Ася!" Дикий голос испугал меня самого - но никто не отозвался...

Я решил пойти узнать, не нашел ли ее Гагин.

XIX

Быстро взбираясь по тропинке виноградника, я увидел свет в комнате Аси... Это меня несколько успокоило.

Я подошел к дому; дверь внизу была заперта, я постучался. Неосвещенное окошко в нижнем этаже осторожно отворилось, и показалась голова Гагина.

- Нашли? - спросил я его.

- Она вернулась, - ответил он мне шепотом, - она в своей комнате и раздевается. Все в порядке.

- Слава богу! - воскликнул я с несказанным порывом радости, - слава богу! Теперь все прекрасно. Но вы знаете, мы должны еще переговорить.

- В другое время, - возразил он, тихо потянув к себе раму, - в другое время, а теперь прощайте.

- До завтра, - сказал я, - завтра все будет решено.

- Прощайте, - повторил Гагин. Окно затворилось.

Я чуть было не постучал в окно. Я хотел тогда же сказать Гагину, что я прошу руки его сестры. Но такой сватанье в такую пору... "До завтра, - подумал я, - завтра я буду счастлив..."

Завтра я буду счастлив! У счастья нет завтрашнего дня; у него нет и вчерашнего; оно не помнит прошедшего, не думает о будущем; у него есть настоящее - и то не день, а мгновенье.

Я не помню, как я дошел до З. Не ноги меня несли, не лодка меня везла: меня поднимали какие-то широкие, сильные крылья. Я прошел мимо куста, где пел соловей, я остановился и долго слушал: мне казалось, он пел мою любовь и мое счастье.

XX

Когда, на другой день утром, я стал подходить к знакомому домику, меня поразило одно обстоятельство: все окна в нем были раскрыты и дверь тоже была раскрыта; какие-то бумажки валялись перед порогом; служанка с метлой показалась за дверью.

Я приблизился к ней...

- Уехали! - брякнула она, прежде чем я успел спросить ее: дома ли Гагин?

- Уехали?... - повторил я. - Как уехали? Куда?

- Уехали сегодня утром, в шесть часов, и не сказали куда. Постойте, ведь вы, кажется, господин Н.?

- Я господин Н.

- К вам есть письмо у хозяйки. - Служанка пошла наверх и вернулась с письмом. - Вот-с, извольте.

- Да не может быть... Как же это так?.. - начал было я.

Служанка тупо посмотрела на меня и принялась мести.

Я развернул письмо. Ко мне писал Гагин; от Аси не было ни строчки. Он начал с того, что просил не сердиться на него за внезапный отъезд; он был уверен, что, по зрелом соображении, я одобрю его решение. Он не находил другого выхода из положения, которое могло сделаться затруднительным и опасным. "Вчера вечером, - писал он, - пока мы оба молча ждали Асю, я убедился окончательно в необходимости разлуки. Есть предрассудки, которые я уважаю; я понимаю, что вам нельзя жениться на Асе. Она мне все сказала; для ее спокойствия я должен был уступить ее повторенным, усиленные просьбам". В конце письма он изъявлял сожаление о том, что наше знакомство так скоро прекратилось, желал мне счастья, дружески жал мне руку и умолял меня не стараться их отыскивать.

"Какие предрассудки? - вскричал я, как будто он мог меня слышать, - что за вздор! Кто дал право похитить ее у меня..." Я схватил себя за голову...

Служанка начал громко кликать хозяйку: ее испуг заставил меня прийти в себя. Одна мысль во мне загорелась: сыскать их, сыскать во что бы то ни стало. Принять этот удар, примириться с такой развязкой было невозможно. Я узнал от хозяйки, что они в шесть часов утра сели на пароход и поплыли вниз по Рейну. Я отправился в контору: там мне сказали, что они взяли билеты до Кельна. Я пошел домой с тем, чтобы тотчас уложиться и поплыть вслед за ними. Мне пришлось идти мимо дома фрау Луизе... Вдруг я слышу: меня кличет кто-то. Я поднял голову и увидал в окне той самой комнаты, где я накануне виделся с Асей, вдову бургомистра. Она улыбалась своей противной улыбкой и звала меня. Я отвернулся и прошел было мимо; но она мне крикнула мне вслед, что у нее есть что-то для меня. Эти слова меня остановили, и я вошел в ее дом. Как передать мои чувства, когда я увидал опять эту комнатку...

- По-настоящему, - начала старуха, показывая мне маленькую записку, - я бы должна была дать вам это только в случае, если бы вы зашли ко мне сами, но вы такой прекрасный молодой человек. Возьмите.

Я взял записку.

На крошечном клочке бумаги стояли следующие слова, торопливо начерченные карандашом:

"Прощайте, мы не увидимся более. Не из гордости я уезжаю - нет, мне нельзя иначе. Вчера, когда я плакала перед вами, если б вы мне сказали одно слово, одно только слово - я бы осталась. Вы его не сказали. Видно, так лучше... Прощайте навсегда!"

Одно слово... О, я безумец! Это слово... я со слезами повторял его накануне, я расточал его на ветер, я твердил его среди пустых полей... но я не сказал его ей, я не сказал ей, что я люблю ее... Когда я встретился с ней в той роковой комнате, во мне еще не было ясного сознания моей любви: оно не проснулось даже тогда, когда я сидел с ее братом в бессмысленном и тягостном молчании... оно вспыхнуло с неудержимой силой лишь несколько мгновений спустя, когда, испуганный возможностью несчастья, я стал искать и звать ее... но тогда уже было поздно. "Да это невозможно!" - скажут мне; не знаю, возможно ли это, - знаю, что это правда. Ася бы не уехала, если б в ней была хоть тень кокетства и если б ее положение не было ложно. Она не могла вынести того, что всякая другая снесла бы; я этого не понял. Недобрый мой гений остановил признание на устах моих при последнем свидании с Гагиным перед потемневшим окном, и последняя нить, за которую я еще мог ухватиться, - выскользнула из рук моих.

В тот же день я вернулся с уложенным чемоданом в город Л. и поплыл в Кельн. Помню, пароход уже отчаливал, и я мысленно простился с этими улицами, со всеми этими местами, которые я уже никогда не должен был позабыть, - я увидел Ганхен. Она сидела возле берега на скамье. Лицо ее было бледно, но не грустно; молодой красивый парень стоял рядом с нею и, смеясь, рассказывал ей что-то, а на другой стороне Рейна маленькая моя мадонна все так же печально выглядывала из темной зелени старого ясеня.

XXI

В Кельне я напал на след Гагиных; я узнал, что они поехали в Лондон; я пустился вслед за ними; но в Лондоне все мои розыски остались тщетными. Я долго не хотел смириться, я долго упорствовал, но я должен был отказаться, наконец, от надежды настигнуть их.

И я не увидел их более - я не увидел Аси. Темные слухи доходили до меня о нем, но она навсегда для меня исчезла. Я даже не знаю, жива ли она. Однажды, несколько лет спустя, я мельком увидал за границей, в вагоне железной дороги, женщину, лицо которой живо напомнило мне незабвенные черты... но я, вероятно, был обманут случайным сходством. Ася осталась в моей памяти той самой девочкой, какою я знавал ее в лучшую пору своей жизни, какою я ее видел в последний раз, наклоненной на спинку низкого деревянного стула.

Впрочем, я должен сознаться, что я не слишком долго грустил по ней; я даже нашел, что судьба хорошо распорядилась, не соединив меня с Асей; я утешался мыслию, что я, вероятно, не был бы счастлив с такой женой. Я был тогда молод - и будущее, это короткое, быстрое будущее, казалось мне беспредельным. Разве не может повториться то, что было, думал я, и еще лучше, еще прекраснее?.. Я знавал других женщин - но чувство, возбужденное во мне Асей, то жгучее, нежное, глубокое чувство, уже не повторилось. Нет! Ни одни глаза не заменили мне тех, когда-то с любовию устремленных на меня глаз, ни на чье сердце, припавшее к моей груди, не отвечало мое сердце таким радостным и сладким замиранием! Осужденный на одиночество бессемейного бобыля, доживаю я скучные годы, но я храню, как святыню, ее записочки и высохший цветок гераниума, тот самый цветок, который она некогда бросила мне из окна. Он до сих пор издает слабый запах, а рука, мне давшая его, та рука, которую мне только раз пришлось прижать к губам моим, быть может, давно уже тлеет в могиле... И я сам - что сталось со мною? Что осталось от меня, от тех блаженных и тревожных дней, от тех крылатых надежд и стремлений? Так легкое испарение ничтожной травки переживает все радости и все горести человека - переживает самого человека.

Первая любовь

Посвящено П. В. Анненкову

Гости давно разъехались. Часы пробили половину первого. В комнате остались только хозяин, да Сергей Николаевич, да Владимир Петрович.

Хозяин позвонил и велел принять остатки ужина.

— Итак, это дело решенное, — промолвил он, глубже усаживаясь в кресло и закурив сигару, — каждый из нас обязан рассказать историю своей первой любви. За вами очередь, Сергей Николаевич.

Сергей Николаевич, кругленький человек с пухленьким белокурым лицом, посмотрел сперва на хозяина, потом поднял глаза к потолку.

— У меня не было первой любви, — сказал он наконец, — я прямо начал со второй.

— Это каким образом?

— Очень просто. Мне было восемнадцать лет, когда я в первый раз приволокнулся за одной весьма миленькой барышней; но я ухаживал за ней так, как будто дело это было мне не внове: точно так, как я ухаживал потом за другими. Собственно говоря, в первый и последний раз я влюбился лет шести в свою няню; но этому очень давно. Подробности наших отношений изгладились из моей памяти, да если б я их и помнил, кого это может интересовать?

— Так как же быть? — начал хозяин. — В моей первой любви тоже не много занимательного; я ни в кого не влюблялся до знакомства с Анной Ивановной, моей теперешней женой, — и всё у нас шло как по маслу: отцы нас сосватали, мы очень скоро полюбились друг другу и вступили в брак не мешкая. Моя сказка двумя словами сказывается. Я, господа, признаюсь, поднимая вопрос о первой любви, надеялся на вас, не скажу старых, но и не молодых холостяков. Разве вы нас чем-нибудь потешите, Владимир Петрович?

— Моя первая любовь принадлежит действительно к числу не совсем обыкновенных, — ответил с небольшой запинкой Владимир Петрович, человек лет сорока, черноволосый, с проседью.

— А! — промолвили хозяин и Сергей Николаевич в один голос. — Тем лучше... Рассказывайте.

— Извольте... или нет: рассказывать я не стану; я не мастер рассказывать: выходит сухо и коротко или пространно и фальшиво; а если позволите, я запишу всё, что вспомню, в тетрадку — и прочту вам.

Приятели сперва не согласились, но Владимир Петрович настоял на своем. Через две недели они опять сошлись, и Владимир Петрович сдержал свое обещание.

Вот что стояло в его тетрадке:

I

Мне было тогда шестнадцать лет. Дело происходило летом 1833 года.

Я жил в Москве у моих родителей. Они нанимали дачу около Калужской заставы, против Не-скучного. Я готовился в университет, но работал очень мало и не торопясь.

Никто не стеснял моей свободы. Я делал что хотел, особенно с тех пор, как я расстался с последним моим гувернером-французом, который никак не мог привыкнуть к мысли, что он упал «как бомба» (comme une bombe) в Россию, и с ожесточенным выражением на лице по целым дням валялся на постели. Отец обходился со мной равнодушно-ласково; матушка почти не обращала на меня внимания, хотя у ней, кроме меня, не было детей: другие заботы ее поглощали. Мой отец, человек еще молодой и очень красивый, женился на ней по расчету; она была старше его десятью годами. Матушка моя вела печальную жизнь: беспрестанно волновалась, ревновала, сердилась — но не в присутствии отца; она очень его боялась, а он держался строго, холодно, отдаленно... Я не видал человека более изысканно спокойного, самоуверенного и самовластного.

Я никогда не забуду первых недель, проведенных мною на даче. Погода стояла чудесная; мы переехали из города девятого мая, в самый Николин день. Я гулял — то в саду нашей дачи, то по Нескучному, то за заставой; брал с собою какую-нибудь книгу — курс Кайданова, например, — но редко ее развертывал, а больше вслух читал стихи, которых знал очень много на память; кровь бродила во мне, и сердце ныло — так сладко и смешно: я всё ждал, робел чего-то и всему дивился и весь был наготове; фантазия играла и носилась быстро вокруг одних и тех же представлений, как на заре стрижи вокруг колокольни; я задумывался, грустил и даже плакал; но и сквозь слезы и сквозь грусть, навеянную то певучим стихом, то красотою вечера, проступало, как весенняя травка, радостное чувство молодой, закипающей жизни.

У меня была верховая лошадка, я сам ее седлал и уезжал один куда-нибудь подальше, пускался вскачь и воображал себя рыцарем на турнире — как весело дул мне в уши ветер! — или, обратив лицо к небу, принимал его сияющий свет и лазурь в разверстую душу.

Помнится, в то время образ женщины, призрак женской любви почти никогда не возникал определенными очертаниями в моем уме; но во всем, что я думал, во всем, что я ощущал, таилось полусознанное, стыдливое предчувствие чего-то нового, несказанно сладкого, женского...

Это предчувствие, это ожидание проникло весь мой состав: я дышал им, оно катилось по моим жилам в каждой капле крови... ему было суждено скоро сбыться.

Дача наша состояла из деревянного барского дома с колоннами и двух низеньких флигельков; во флигеле налево помещалась крохотная фабрика дешевых обоев... Я не раз хаживал туда смотреть, как десяток худых и взъерошенных мальчишек в засаленных халатах и с испитыми лицами то и дело вскакивали на деревянные рычаги, нажимавшие четырехугольные обрубки пресса, и таким образом тяжестью своих тщедушных тел вытаскивали пестрые узоры обоев. Флигелек направо стоял пустой и отдавался внаймы. В один день — недели три спустя после девятого мая — ставни в окнах этого флигелька открылись, показались в них женские лица — какое-то семейство в нем поселилось. Помнится, в тот же день за обедом матушка осведомилась у дворецкого о том, кто были наши новые соседи, и, услыхав фамилию княгини Засекиной, сперва промолвила не без некоторого уважения: «А! княгиня... — а потом прибавила: — Должно быть, бедная какая-нибудь».

— На трех извозчиках приехали-с, — заметил, почтительно подавая блюдо, дворецкий, — своего экипажа не имеют-с, и мебель самая пустая.

— Да, — возразила матушка, — а все-таки лучше.

Отец холодно взглянул на нее: она умолкла.

Действительно, княгиня Засекина не могла быть богатой женщиной: нанятый ею флигелек был так ветх, и мал, и низок, что люди, хотя несколько зажиточные, не согласились бы поселиться в нем. Впрочем, я тогда пропустил это всё мимо ушей. Княжеский титул на меня мало действовал: я недавно прочел «Разбойников» Шиллера.

II

У меня была привычка бродить каждый вечер с ружьем по нашему саду и караулить ворон. К этим осторожным, хищным и лукавым птицам я издавна чувствовал ненависть. В день, о котором зашла речь, я также отправился в сад — и, напрасно исходив все аллеи (вороны меня признали и только издали отрывисто каркали), случайно приблизился к низкому забору, отделявшему собственно наши владения от узенькой полосы сада, простиравшейся за флигельком направо и принадлежавшей к нему. Я шел потупя голову. Вдруг мне послышались голоса; я взглянул через забор — и окаменел... Мне представилось странное зрелище.

В нескольких шагах от меня — на поляне, между кустами зеленой малины, стояла высокая стройная девушка в полосатом розовом платье и с белым платочком на голове; вокруг нее теснились четыре молодые человека, и она поочередно хлопала их по лбу теми небольшими серыми цветками, которых имени я не знаю, но которые хорошо знакомы детям: эти цветки образуют небольшие мешочки и разрываются с треском, когда хлопнешь ими по чему-нибудь твердому. Молодые люди так охотно подставляли свои лбы — а в движениях девушки (я ее видел сбоку) было что-то такое очаровательное, повелительное, ласкающее, насмешливое и милое, что я чуть не вскрикнул от удивления и удовольствия и, кажется, тут же бы отдал всё на свете, чтобы только и меня эти прелестные пальчики хлопнули по лбу. Ружье мое соскользнуло на траву, я всё забыл, я пожирал взором этот стройный стан, и шейку, и красивые руки, и слегка растрепанные белокурые волосы под белым платочком, и этот полузакрытый умный глаз, и эти ресницы, и нежную щеку под ними...

— Молодой человек, а молодой человек, — проговорил вдруг подле меня чей-то голос, — разве позволительно глядеть так на чужих барышень?

Я вздрогнул весь, я обомлел... Возле меня за забором стоял какой-то человек с коротко остриженными черными волосами и иронически посматривал на меня. В это самое мгновение и девушка обернулась ко мне... Я увидал огромные серые глаза на подвижном, оживленном лице — и всё это лицо вдруг задрожало, засмеялось, белые зубы сверкнули на нем, брови как-то забавно поднялись... Я вспыхнул, схватил с земли ружье и, преследуемый звонким, но не злым хохотаньем, убежал к себе в комнату, бросился на постель и закрыл лицо руками. Сердце во мне так и прыгало; мне было очень стыдно и весело: я чувствовал небывалое волнение.

Отдохнув, я причесался, почистился и сошел вниз к чаю. Образ молодой девушки носился передо мною, сердце перестало прыгать, но как-то приятно сжималось.

— Что с тобой? — внезапно спросил меня отец, — убил ворону?

Я хотел было всё рассказать ему, но удержался и только улыбнулся про себя. Ложась спать, я, сам не знаю зачем, раза три повернулся на одной ноге, напомадился, лег и всю ночь спал как убитый. Перед утром я проснулся на мгновенье, приподнял голову, посмотрел вокруг себя с восторгом — и опять заснул.

III

«Как бы с ними познакомиться?» — было первою моею мыслью, как только я проснулся поутру. Я перед чаем отправился в сад, но не подходил слишком близко к забору и никого не видел. После чаю я прошелся несколько раз по улице перед дачей — и издали заглядывал в окна... Мне почудилось за занавеской ее лицо, и я с испугом поскорее удалился. «Однако надо же познакомиться, — думал я, беспорядочно расхаживая по песчаной равнине, расстилавшейся перед Нескучным, — но как? Вот в чем вопрос». Я припоминал малейшие подробности вчерашней встречи: мне почему-то особенно ясно представлялось, как это она посмеялась надо мною... Но, пока я волновался и строил различные планы, судьба уже порадела обо мне.

В мое отсутствие матушка получила от новой своей соседки письмо на серой бумаге, запечатанной бурым сургучом, какой употребляется только на почтовых повестках да на пробках дешевого вина. В этом письме, написанном безграмотным языком и неопрятным почерком, княгиня просила матушку оказать ей покровительство: матушка моя, по словам княгини, была хорошо знакома с значительными людьми, от которых зависела ее участь и участь ее детей, так как у ней были очень важные процессы. «Я к вам обращаюсь, — писала она, — как благородная дама к благородной даме, и при том мне преятно воспользоватца сим случаем». Кончая, она просила у матушки позволения явиться к ней. Я застал матушку в неприятном расположении духа: отца не было дома, и ей не с кем было посоветоваться. Не отвечать «благородной, даме», да еще княгине, было невозможно, а как отвечать — матушка недоумевала. Написать записку по-французски казалось ей неуместным, а в русской орфографии сама матушка не была сильна — и знала это и не хотела компрометироваться. Она обрадовалась моему приходу и тотчас приказала мне сходить к княгине и на словах объяснить ей, что матушка, мол, моя всегда готова оказать ее сиятельству, по мере сил, услугу и просит ее пожаловать к ней часу в первом. Неожиданно быстрое исполнение моих тайных желаний меня и обрадовало и испугало; однако я не выказал овладевшего мною смущения — и предварительно отправился к себе в комнату, чтобы надеть новенький галстух и сюртучок: дома я еще ходил в куртке и в отложных воротничках, хотя очень ими тяготился.

IV

В тесной и неопрятной передней флигелька, куда я вступил с невольной дрожью во всем теле, встретил меня старый и седой слуга с темным, медного цвета, лицом, свиными угрюмыми глазками и такими глубокими морщинами на лбу и на висках, каких я в жизни не видывал. Он нес на тарелке обглоданный хребет селедки и, притворяя ногою дверь, ведущую в другую комнату, отрывисто проговорил:

— Чего вам?

— Княгиня Засекина дома? — спросил я.

— Вонифатий! — закричал из-за двери дребезжащий женский голос.

Слуга молча повернулся ко мне спиною, причем обнаружилась сильно истертая спинка его ливреи, с одинокой порыжелой гербовой пуговицей, и ушел, поставив тарелку на пол.

— В квартал ходил? — повторил тот же женский голос. Слуга пробормотал что-то. — А?.. Пришел кто-то?.. — послышалось опять. — Барчук соседний? Ну, проси.

— Пожалуйте-с в гостиную, — проговорил слуга, появившись снова передо мною и поднимая тарелку с полу.

Я оправился и вошел в «гостиную».

Я очутился в небольшой и не совсем опрятной комнате с бедной, словно наскоро расставленной мебелью. У окна, на кресле с отломанной ручкой, сидела женщина лет пятидесяти, простоволосая и некрасивая, в зеленом старом платье и с пестрой гарусной косынкой вокруг шеи. Ее небольшие черные глазки так и впились в меня.

Я подошел к ней и раскланялся.

— Я имею честь говорить с княгиней Засекиной?

— Я княгиня Засекина; а вы сын господина В.?

— Точно так-с. Я пришел к вам с поручением от матушки.

— Садитесь, пожалуйста. Вонифатий! где мои ключи, не видал?

Я сообщил г-же Засекиной ответ моей матушки на ее записку. Она выслушала меня, постукивая толстыми красными пальцами по оконнице, а когда я кончил, еще раз уставилась на меня.

— Очень хорошо; непременно буду, — промолвила она наконец. — А как вы еще молоды! Сколько вам лет, позвольте спросить?

— Шестнадцать лет, — отвечал я с невольной запинкой.

Княгиня достала из кармана какие-то исписанные, засаленные бумаги, поднесла их к самому носу и принялась перебирать их.

— Годы хорошие, — произнесла она внезапно, поворачиваясь и ерзая на стуле. — А вы, пожалуйста, будьте без церемонии. У меня просто.

«Слишком просто», — подумал я, с невольной гадливостью окидывая взором всю ее неблагообразную фигуру.

В это мгновенье другая дверь гостиной быстро распахнулась, и на пороге появилась девушка, которую я видел накануне в саду. Она подняла руку, и на лице ее мелькнула усмешка.

— А вот и дочь моя, — промолвила княгиня, указав на нее локтем. — Зиночка, сын нашего соседа, господина В. Как вас зовут, позвольте узнать?

— Владимиром, — отвечал я, вставая и пришепетывая от волнения.

— А по батюшке?

— Петровичем.

— Да! У меня был полицеймейстер знакомый, тоже Владимиром Петровичем звали. Вонифатий! не ищи ключей, ключи у меня в кармане.

Молодая девушка продолжала глядеть на меня с прежней усмешкой, слегка щурясь и склонив голову немного набок.

— Я уже видела мсьё Вольдемара, — начала она. (Серебристый звук ее голоса пробежал по мне каким-то сладким холодком.) — Вы мне позволите так называть вас?

— Помилуйте-с, — пролепетал я.

— Где это? — спросила княгиня.

Княжна не отвечала своей матери.

— Вы теперь заняты? — промолвила она, не спуская с меня глаз.

— Никак нет-с.

— Хотите вы мне помочь шерсть распутать? Подите сюда, ко мне.

Она кивнула мне головой и пошла вон из гостиной. Я отправился вслед за ней.

В комнате, куда мы вошли, мебель была немного получше и расставлена с бо́льшим вкусом. Впрочем, в это мгновенье я почти ничего заметить не мог: я двигался как во сне и ощущал во всем составе своем какое-то до глупости напряженное благополучие.

Княжна села, достала связку красной шерсти и, указав мне на стул против нее, старательно развязала связку и положила мне ее на руки. Всё это она делала молча, с какой-то забавной медлительностью и с той же светлой и лукавой усмешкой на чуть-чуть раскрытых губах. Она начала наматывать шерсть на перегнутую карту и вдруг озарила меня таким ясным и быстрым взглядом, что я невольно потупился. Когда ее глаза, большею частию полуприщуренные, открывались во всю величину свою, — ее лицо изменялось совершенно: точно свет проливался по нем.

— Что вы подумали обо мне вчера, мсьё Вольдемар? — спросила она погодя немного. — Вы, наверное, осудили меня?

— Я... княжна... я ничего не думал... как я могу... — отвечал я с смущением.

— Послушайте, — возразила она. — Вы меня еще не знаете: я престранная; я хочу, чтоб мне всегда правду говорили. Вам, я слышала, шестнадцать лет, а мне двадцать один: бы видите, я гораздо старше вас, и потому вы всегда должны мне говорить правду... и слушаться меня, — прибавила она. — Глядите на меня — отчего вы на меня не глядите?

Я смутился еще более, однако поднял на нее глаза. Она улыбнулась, только не прежней, а другой, одобрительной улыбкой.

— Глядите на меня, — промолвила она, ласково понижая голос, — мне это не неприятно... Мне ваше лицо нравится; я предчувствую, что мы будем друзьями. А я вам нравлюсь? — прибавила она лукаво.

— Княжна... — начал было я.

— Во-первых, называйте меня Зинаидой Александровной, а во-вторых, что это за привычка у детей (она поправилась) — у молодых людей — не говорить прямо то, что они чувствуют? Это хорошо для взрослых. Ведь я вам нравлюсь?

Хотя мне очень было приятно, что она так откровенно со мной говорила, однако я немного обиделся. Я хотел показать ей, что она имеет дело не с мальчиком, и, приняв по возможности развязный и серьезный вид, промолвил:

— Конечно, вы очень мне нравитесь, Зинаида Александровна; я не хочу это скрывать.

Она с расстановкой покачала головой.

— У вас есть гувернер? — спросила она вдруг.

— Нет, у меня уже давно нет гувернера.

Я лгал; еще месяца не прошло с тех пор, как я расстался с моим французом.

— О! да я вижу — вы совсем большой.

Она легонько ударила меня по пальцам.

— Держите прямо руки! — И она прилежно занялась наматыванием клубка.

Я воспользовался тем, что она не поднимала глаз, и принялся ее рассматривать, сперва украдкой, потом всё смелее и смелее. Лицо ее показалось мне еще прелестнее, чем накануне: так всё в нем было тонко, умно и мило. Она сидела спиной к окну, завешенному белой сторой; солнечный луч, пробиваясь сквозь эту стору, обливал мягким светом ее пушистые золотистые волосы, ее невинную шею, покатые плечи и нежную, спокойную грудь. Я глядел на нее — и как дорога́ и близка становилась она мне! Мне сдавалось, что и давно-то я ее знаю и ничего не знал и не жил до нее... На ней было темненькое, уже поношенное, платье с передником; я, кажется, охотно поласкал бы каждую складку этого платья и этого передника. Кончики ее ботинок выглядывали из-под ее платья: я бы с обожанием преклонился к этим ботинкам... «И вот я сижу перед ней, — подумал я, — я с ней познакомился... какое счастие, боже мой!» Я чуть не соскочил со стула от восторга, но только ногами немного поболтал, как ребенок, который лакомится.

Мне было хорошо, как рыбе в воде, и я бы век не ушел из этой комнаты, не покинул бы этого места.

Ее веки тихо поднялись, и опять ласково засияли передо мною ее светлые глаза — и опять она усмехнулась.

— Как вы на меня смотрите, — медленно проговорила она и погрозила мне пальцем.

Я покраснел... «Она всё понимает, она всё видит, — мелькнуло у меня в голове. — И как ей всего не понимать и не видеть!»

Вдруг что-то застучало в соседней комнате — зазвенела сабля.

— Зина! — закричала в гостиной княгиня, — Беловзоров принес тебе котенка.

— Котенка! — воскликнула Зинаида и, стремительно поднявшись со стула, бросила клубок мне на колени и выбежала вон.

Я тоже встал и, положив связку шерсти и клубок на оконницу, вышел в гостиную и остановился в недоумении. Посредине комнаты лежал, растопыря лапки, полосатый котенок; Зинаида стояла перед ним на коленях и осторожно поднимала ему мордочку. Возле княгини, заслонив почти весь простенок между окнами, виднелся белокурый и курчавый молодец, гусар с румяным лицом и глазами навыкате.

— Какой смешной! — твердила Зинаида, — и глаза у него не серые, а зеленые, и уши какие большие. Спасибо вам, Виктор Егорыч! Вы очень милы.

Гусар, в котором я узнал одного из виденных мною накануне молодых людей, улыбнулся и поклонился, причем щелкнул шпорами и брякнул колечками сабли.

— Вам угодно было вчера сказать, что вы желаете иметь полосатого котенка с большими ушами... вот, я и достал-с. Слово — закон. — И он опять поклонился.

Котенок слабо пискнул и начал нюхать пол.

— Он голоден! — воскликнула Зинаида. — Вонифатий! Соня! принесите молока.

Горничная, в старом желтом платье с полинялым платочком на шее, вошла с блюдечком молока в руке и поставила его перед котенком. Котенок дрогнул, зажмурился и принялся лакать.

— Какой у него розовый язычок, — заметила Зинаида, пригнув голову почти к полу и заглядывая ему сбоку под самый нос.

Котенок насытился и замурлыкал, жеманно перебирая лапками. Зинаида встала и, обернувшись к горничной, равнодушно промолвила:

— Унеси его.

— За котенка — ручку, — проговорил гусар, осклабясь и передернув всем своим могучим телом, туго затянутым в новый мундир.

— Обе, — возразила Зинаида и протянула к нему руки. Пока он целовал их, она смотрела на меня через плечо.

Я стоял неподвижно на одном месте и не знал — засмеяться ли мне, сказать ли что-нибудь, или так промолчать. Вдруг, сквозь раскрытую дверь передней, мне бросилась в глаза фигура нашего лакея Федора. Он делал мне знаки. Я машинально вышел к нему.

— Что ты? — спросил я.

— Маменька прислали за вами, — проговорил он шёпотом. — Оне гневаются, что вы с ответом не ворочаетесь.

— Да разве я давно здесь?

— Час с лишком.

— Час с лишком! — повторил я невольно и, вернувшись в гостиную, начал раскланиваться и шаркать ногами.

— Куда вы? — спросила меня княжна, взглянув из-за гусара.

— Мне нужно домой-с. Так я скажу, — прибавил я, обращаясь к старухе, — что вы пожалуете к нам во втором часу.

— Так и скажите, батюшка.

Княгиня торопливо достала табакерку и так шумно понюхала, что я даже вздрогнул.

— Так и скажите, — повторила она, слезливо моргая и кряхтя.

Я еще раз поклонился, повернулся и вышел из комнаты с тем чувством неловкости в спине, которое ощущает очень молодой человек, когда он знает, что ему глядят вслед.

— Смотрите же, мсьё Вольдемар, заходите к нам, — крикнула Зинаида и опять рассмеялась.

«Что это она всё смеется?» — думал я, возвращаясь домой в сопровождении Федора, который ничего мне не говорил, но двигался за мной неодобрительно. Матушка меня побранила и удивилась: что я мог так долго делать у этой княгини? Я ничего не отвечал ей и отправился к себе в комнату. Мне вдруг стало очень грустно... Я силился не плакать... Я ревновал к гусару.

V

Княгиня, по обещанию, навестила матушку и не понравилась ей. Я не присутствовал при их свидании, но за столом матушка рассказывала отцу, что эта княгиня Засекина ей кажется une femme très vulgaire[1], что она очень ей надоела своими просьбами ходатайствовать за нее у князя Сергия, что у ней всё какие-то тяжбы и дела — des vilaines affaires d'argent[2] — и что она должна быть великая кляузница. Матушка, однако же, прибавила, что она позвала ее с дочерью на завтрашний день обедать (услыхав слово «с дочерью», я уткнул нос в тарелку), потому что она все-таки соседка, и с именем. На это отец объявил матушке, что он теперь припоминает, какая

---

[1] женщиной весьма вульгарной (франц.).
[2] гадкие денежные дела (франц.).

это госпожа; что он в молодости знал покойного князя Засекина, отлично воспитанного, но пустого и вздорного человека; что его в обществе звали «le Parisien»[3], по причине его долгого житья в Париже; что он был очень богат, но проиграл всё свое состояние — и неизвестно почему, чуть ли не из-за денег, — впрочем, он бы мог лучше выбрать, — прибавил отец и холодно улыбнулся, — женился на дочери какого-то приказного, а женившись, пустился в спекуляции и разорился окончательно.

— Как бы она денег взаймы не попросила, — заметила матушка.

— Это весьма возможно, — спокойно промолвил отец. — Говорит она по-французски?

— Очень плохо.

— Гм. Впрочем, это всё равно. Ты мне, кажется, сказала, что ты и дочь ее позвала; меня кто-то уверял, что она очень милая и образованная девушка.

— А! Стало быть, она не в мать.

— И не в отца, — возразил отец. — Тот был тоже образован, да глуп.

Матушка вздохнула и задумалась. Отец умолк. Мне было очень неловко в течение этого разговора.

После обеда я отправился в сад, но без ружья. Я дал было себе слово не подходить к «засекинскому саду», но неотразимая сила влекла меня туда — и недаром. Не успел я приблизиться к забору, как увидел Зинаиду. На этот раз она была одна. Она держала в руках книжку и медленно шла по дорожке. Она меня не замечала.

Я чуть-чуть не пропустил ее; но вдруг спохватился и кашлянул.

Она обернулась, но не остановилась, отвела рукою широкую голубую ленту своей круглой соломенной шляпы, посмотрела на меня, тихонько улыбнулась и опять устремила глаза в книжку.

---

[3] «Парижанин» (франц.).

Я снял фуражку и, помявшись немного на месте, пошел прочь с тяжелым сердцем. «Que suis-je pour elle?»[4] — подумал я (бог знает почему) по-французски.

Знакомые шаги раздались за мною: я оглянулся — ко мне своей быстрой и легкой походкой шел отец.

— Это княжна? — спросил он меня.

— Княжна.

— Разве ты ее знаешь?

— Я ее видел сегодня утром у княгини.

Отец остановился и, круто повернувшись на каблуках, пошел назад. Поравнявшись с Зинаидой, он вежливо ей поклонился. Она также ему поклонилась, не без некоторого изумления на лице, и опустила книгу. Я видел, как она провожала его глазами. Мой отец всегда одевался очень изящно, своеобразно и просто; но никогда его фигура не показалась мне более стройной, никогда его серая шляпа не сидела красивее на его едва поредевших кудрях.

Я направился было к Зинаиде, но она даже не взглянула на меня, снова приподняла книгу и удалилась.

VI

Целый вечер и следующее утро я провел в каком-то унылом онемении. Помнится, я попытался работать и взялся за Кайданова — но напрасно мелькали передо мною разгонистые строчки и страницы знаменитого учебника. Десять раз сряду прочел я слова: «Юлий Цезарь отличался воинской отвагой» — не понял ничего и бросил книгу. Перед обедом я опять напомадился и опять надел сюртучок и галстух.

— Это зачем? — спросила матушка. — Ты еще не студент, и бог знает, выдержишь ли ты экзамен. Да и давно ли тебе сшили куртку? Не бросать же ее!

— Гости будут, — прошептал я почти с отчаянием.

— Вот вздор! какие это гости!

---

[4] «Что я для нее?» (франц.).

Надо было покориться. Я заменил сюртучок курткой, но галстуха не снял. Княгиня с дочерью явилась за полчаса до обеда; старуха сверх зеленого, уже знакомого мне платья накинула желтую шаль и надела старомодный чепец с лентами огненного цвета. Она тотчас заговорила о своих векселях, вздыхала, жаловалась на свою бедность, «канючила», но нисколько не чинилась: так же шумно нюхала табак, так же свободно поворачивалась и ерзала на стуле. Ей как будто и в голову не входило, что она княгиня. Зато Зинаида держала себя очень строго, почти надменно, настоящей княжной. На лице ее появилась холодная неподвижность и важность — и я не узнавал ее, ее узнавал ее взглядов, ее улыбки, хотя и в этом новом виде она мне казалась прекрасной. На ней было легкое бареженое платье с бледно-синими разводами; волосы ее падали длинными локонами вдоль щек — на английский манер; эта прическа шла к холодному выражению ее лица. Отец мой сидел возле нее во время обеда и со свойственной ему изящной и спокойной вежливостью занимал свою соседку. Он изредка взглядывал на нее — и она изредка на него взглядывала, да так странно, почти враждебно. Разговор у них шел по-французски; меня, помнится, удивила чистота Зинаидина произношения. Княгиня, во время стола, по-прежнему ничем не стеснялась, много ела и хвалила кушанья. Матушка видимо ею тяготилась и отвечала ей с каким-то грустным пренебрежением; отец изредка чуть-чуть морщил брови. Зинаида также не понравилась матушке.

— Это какая-то гордячка, — говорила она на следующий день. — И подумаешь — чего гордиться — avec sa mine de grisette![5]

— Ты, видно, не видала гризеток, — заметил ей отец.

— И слава богу!

— Разумеется, слава богу... только как же ты можешь судить о них?

На меня Зинаида не обращала решительно никакого внимания. Скоро после обеда княгиня стала прощаться.

— Буду надеяться на ваше покровительство, Марья Николаевна и Петр Васильич, — сказала она нараспев матушке и отцу. — Что делать! Были времена, да прошли. Вот и я — сиятельная, — прибавила она с неприятным смехом, — да что за честь, коли нечего есть.

---

[5] с ее внешностью гризетки (франц.).

Отец почтительно ей поклонился и проводил ее до двери передней. Я стоял тут же в своей куцей куртке и глядел на пол, словно к смерти приговоренный. Обращение Зинаиды со мной меня окончательно убило. Каково же было мое удивление, когда, проходя мимо меня, она скороговоркой и с прежним ласковым выражением в глазах шепнула мне:

— Приходите к нам в восемь часов, слышите, непременно...

Я только развел руками — но она уже удалилась, накинув на голову белый шарф.

VII

Ровно в восемь часов я в сюртуке и с приподнятым на голове коком входил в переднюю флигелька, где жила княгиня. Старик-слуга угрюмо посмотрел на меня и неохотно поднялся с лавки. В гостиной раздавались веселые голоса. Я отворил дверь и отступил в изумлении. Посреди комнаты, на стуле, стояла княжна и держала перед собой мужскую шляпу; вокруг стула толпилось пятеро мужчин. Они старались запустить руки в шляпу, а она поднимала ее кверху и сильно встряхивала ею. Увидевши меня, она вскрикнула:

— Постойте, постойте! новый гость, надо и ему дать билет, — и, легко соскочив со стула, взяла меня за обшлаг сюртука. — Пойдемте же, — сказала она, — что вы стоите? Messieurs[6], позвольте вас познакомить: это мсьё Вольдемар, сын нашего соседа. А это, — прибавила она, обращаясь ко мне и указывая поочередно на гостей, — граф Малевский, доктор Лушин, поэт Майданов, отставной капитан Нирмацкий и Беловзоров, гусар, которого вы уже видели. Прошу любить да жаловать.

Я до того сконфузился, что даже не поклонился никому; в докторе Лушине я узнал того самого черномазого господина, который так безжалостно меня пристыдил в саду; остальные были мне незнакомы.

— Граф! — продолжала Зинаида, — напишите мсьё Вольдемару билет.

---

[6] Господа (франц.).

— Это несправедливо, — возразил с легким польским акцентом граф, очень красивый и щегольски одетый брюнет, с выразительными карими глазами, узким белым носиком и тонкими усиками над крошечным ртом. — Они не играли с нами в фанты.

— Несправедливо, — повторили Беловзоров и господин, названный отставным капитаном, человек лет сорока, рябой до безобразия, курчавый как арап, сутуловатый, кривоногий и одетый в военный сюртук без эполет, нараспашку.

— Пишите билет, говорят вам, — повторила княжна. — Это что за бунт? Мсьё Вольдемар с нами в первый раз, и сегодня для него закон не писан. Нечего ворчать, пишите, я так хочу.

Граф пожал плечами, но наклонил покорно голову, взял перо в белую, перстнями украшенную руку, оторвал клочок бумаги и стал писать на нем.

— По крайней мере позвольте объяснить господину Вольдемару, в чем дело, — начал насмешливым голосом Лушин, — а то он совсем растерялся. Видите ли, молодой человек, мы играем в фанты; княжна подверглась штрафу, и тот, кому вынется счастливый билет, будет иметь право поцеловать у ней ручку. Поняли ли вы, что я вам сказал?

Я только взглянул на него и продолжал стоять как отуманенный, а княжна снова вскочила на стул и снова принялась встряхивать шляпой. Все к ней потянулись — и я за другими.

— Майданов, — сказала княжна высокому молодому человеку с худощавым лицом, маленькими слепыми глазками и чрезвычайно длинными черными волосами, — вы, как поэт, должны быть великодушны и уступить ваш билет мсьё Вольдемару, так, чтобы у него было два шанса вместо одного.

Но Майданов отрицательно покачал головой и взмахнул волосами. Я после всех опустил руку в шляпу, взял и развернул билет... Господи! что сталось со мною, когда я увидал на нем слово: поцелуй!

— Поцелуй! — вскрикнул я невольно.

— Браво! он выиграл, — подхватила княжна. — Как я рада! — Она сошла со стула и так ясно и сладко заглянула мне в глаза, что у меня сердце покатилось. — А вы рады? — спросила она меня.

— Я?.. — пролепетал я.

— Продайте мне свой билет, — брякнул вдруг над самым моим ухом Беловзоров. — Я вам сто рублей дам.

Я отвечал гусару таким негодующим взором, что Зинаида захлопала в ладоши, а Лушин воскликнул: молодец!

— Но, — продолжал он, — я, как церемониймейстер, обязан наблюдать за исполнением всех правил. Мсьё Вольдемар, опуститесь на одно колено. Так у нас заведено.

Зинаида стала передо мной, наклонила немного голову набок, как бы для того, чтобы лучше рассмотреть меня, и с важностью протянула мне руку. У меня помутилось в глазах; я хотел было опуститься на одно колено, упал на оба — и так неловко прикоснулся губами к пальцам Зинаиды, что слегка оцарапал себе конец носа ее ногтем.

— Добре! — закричал Лушин и помог мне встать.

Игра в фанты продолжалась. Зинаида посадила меня возле себя. Каких ни придумывала она штрафов! Ей пришлось, между прочим, представлять «статую» — и она в пьедестал себе выбрала безобразного Нирмацкого, велела ему лечь ничком, да еще уткнуть лицо в грудь. Хохот не умолкал ни на мгновение. Мне, уединенно и трезво воспитанному мальчику, выросшему в барском степенном доме, весь этот шум и гам, эта бесцеремонная, почти буйная веселость, эти небывалые сношения с незнакомыми людьми так и бросились в голову. Я просто опьянел, как от вина. Я стал хохотать и болтать громче других, так что даже старая княгиня, сидевшая в соседней комнате с каким-то приказным от Иверских ворот, позванным для совещания, вышла посмотреть на меня. Но я чувствовал себя до такой степени счастливым, что, как говорится, в ус не дул и в грош не ставил ничьих насмешек и ничьих косых взглядов. Зинаида продолжала оказывать мне предпочтение и не отпускала меня от себя. В одном штрафе мне довелось сидеть с ней рядом, накрывшись одним и тем же шелковым платком: я должен был сказать ей свой секрет. Помню я, как наши обе головы вдруг очутились в душной, полупрозрачной, пахучей мгле, как в этой мгле близко и мягко светились ее глаза и горячо дышали раскрытые губы, и зубы виднелись, и концы ее волос меня щекотали и жгли. Я молчал. Она улыбалась таинственно и лукаво и наконец шепнула мне: «Ну, что же?», а я только краснел и смеялся, и отворачивался, и едва переводил дух. Фанты наскучили нам, — мы стали играть в веревочку.

Боже мой! какой я почувствовал восторг, когда, зазевавшись, получил от нее сильный и резкий удар по пальцам, и как потом я нарочно старался показывать вид, что зазевываюсь, а она дразнила меня и не трогала подставляемых рук!

Да то ли мы еще проделывали в течение этого вечера! Мы и на фортепьяно играли, и пели, и танцевали, и представляли цыганский табор. Нирмацкого одели медведем и напоили водою с солью. Граф Малевский показывал нам разные карточные фокусы и кончил тем, что, перетасовавши карты, сдал себе в вист все козыри, с чем Лушин «имел честь его поздравить». Майданов декламировал нам отрывки из поэмы своей «Убийца» (дело происходило в самом разгаре романтизма), которую он намеревался издать в черной обертке с заглавными буквами кровавого цвета; у приказного от Иверских ворот украли с колен шапку и заставили его, в виде выкупа, проплясать казачка; старика Вонифатия нарядили в чепец, а княжна надела мужскую шляпу... Всего не перечислишь. Один Беловзоров все больше держался в углу, нахмуренный и сердитый... Иногда глаза его наливались кровью, он весь краснел, и казалось, что вот-вот он сейчас ринется на всех нас и расшвыряет нас, как щепки, во все стороны; но княжна взглядывала на него, грозила ему пальцем, и он снова забивался в свой угол.

Мы, наконец, выбились из сил. Княгиня уж на что была, как сама выражалась, ходка — никакие крики ее не смущали, — однако и она почувствовала усталость и пожелала отдохнуть. В двенадцатом часу ночи подали ужин, состоявший из куска старого, сухого сыру и каких-то холодных пирожков с рубленой ветчиной, которые мне показались вкуснее всяких паштетов; вина была всего одна бутылка, и та какая-то странная: темная, с раздутым горлышком, и вино в ней отдавало розовой краской: впрочем, его никто не пил. Усталый и счастливый до изнеможения, я вышел из флигеля; на прощанье Зинаида мне крепко пожала руку и опять загадочно улыбнулась.

Ночь тяжело и сыро пахнула мне в разгоряченное лицо; казалось, готовилась гроза; черные тучи росли и ползли по небу, видимо меняя свои дымные очертания. Ветерок беспокойно содрогался в темных деревьях, и где-то далеко за небосклоном, словно про себя, ворчал гром сердито и глухо.

Через заднее крыльцо пробрался я в свою комнату. Дядька мой спал на полу, и мне пришлось перешагнуть через него; он проснулся, увидал меня и доложил, что матушка опять на меня рассердилась и опять хотела послать за мною, но что отец ее удержал. (Я никогда не ложился спать, не простившись с матушкой я не испросивши ее благословения.) Нечего было делать!

Я сказал дядьке, что разденусь и лягу сам, — и погасил свечку. Но я не разделся и не лег.

Я присел на стул и долго сидел как очарованный. То, что я ощущал, было так ново и так сладко... Я сидел, чуть-чуть озираясь и не шевелясь, медленно дышал и только по временам то молча смеялся, вспоминая, то внутренно холодел при мысли, что я влюблен, что вот она, вот эта любовь. Лицо Зинаиды тихо плыло передо мною во мраке — плыло и не проплывало; губы ее всё так же загадочно улыбались, глаза глядели на меня немного сбоку, вопросительно, задумчиво и нежно... как в то мгновение, когда я расстался с ней. Наконец я встал, на цыпочках подошел к своей постели и осторожно, не раздеваясь, положил голову на подушку, как бы страшась резким движением потревожить то, чем я был переполнен...

Я лег, но даже глаз не закрыл. Скоро я заметил, что ко мне в комнату беспрестанно западали какие-то слабые отсветы. Я приподнялся и глянул в окно. Переплет его четко отделялся от таинственно и смутно белевших стекол. «Гроза», — подумал я, — и точно была гроза, но она проходила очень далеко, так что и грома не было слышно; только на небе непрерывно вспыхивали неяркие, длинные, словно разветвленные молнии: они не столько вспыхивали, сколько трепетали и подергивались, как крыло умирающей птицы. Я встал, подошел к окну и простоял там до утра... Молнии не прекращались ни на мгновение; была, что называется в народе, воробьиная ночь. Я глядел на немое песчаное поле, на темную массу Нескучного сада, на желтоватые фасады далеких зданий, тоже как будто вздрагивавших при каждой слабой вспышке... Я глядел — и не мог оторваться; эти немые молнии, эти сдержанные блистания, казалось, отвечали тем немым и тайным порывам, которые вспыхивали также во мне. Утро стало заниматься; алыми пятнами выступила заря. С приближением солнца всё бледнели и сокращались молнии: они вздрагивали всё реже и реже и исчезли наконец, затопленные отрезвляющим и несомненным светом возникавшего дня...

И во мне исчезли мои молнии. Я почувствовал большую усталость и тишину... но образ Зинаиды продолжал носиться, торжествуя, над моею душой. Только он сам, этот образ, казался успокоенным: как полетевший лебедь — от болотных трав, отделился он от окружавших его других неблаговидных фигур, и я, засыпая, в последний раз припал к нему с прощальным и доверчивым обожанием...

О, кроткие чувства, мягкие звуки, доброта и утихание тронутой души, тающая радость первых умилений любви, — где вы, где вы?

VIII

На следующее утро, когда я сошел к чаю, матушка побранила меня — меньше, однако, чем я ожидал — и заставила меня рассказать, как я провел накануне вечер. Я отвечал ей в немногих словах, выпуская многие подробности и стараясь придать всему вид самый невинный.

— Все-таки они люди не comme il faut, — заметила матушка, — и тебе нечего к ним таскаться, вместо того чтоб готовиться к экзамену да заниматься.

Так как я знал, что заботы матушки о моих занятиях ограничатся этими немногими словами, то я и не почел нужным возражать ей; но после чаю отец меня взял под руку и, отправившись вместе со мною в сад, заставил меня рассказать всё, что я видел у Засекиных.

Странное влияние имел на меня отец — и странные были наши отношения. Он почти не занимался моим воспитанием, но никогда не оскорблял меня; он уважал мою свободу — он даже был, если можно так выразиться, вежлив со мною... Только он не допускал меня до себя. Я любил его, я любовался им, он казался мне образцом мужчины — и, боже мой, как бы я страстно к нему привязался, если б я постоянно не чувствовал его отклоняющей руки! Зато, когда он хотел, он умел почти мгновенно, одним словом, одним движением возбудить во мне неограниченное доверие к себе. Душа моя раскрывалась — я болтал с ним, как с разумным другом, как с снисходительным наставником... Потом он так же внезапно покидал меня — и рука его опять отклоняла меня, ласково и мягко, но отклоняла.

На него находила иногда веселость, и тогда он готов был резвиться и шалить со мной, как мальчик (он любил всякое сильное телесное движение); раз — всего только раз! — он приласкал меня с такою нежностью, что я чуть не заплакал... Но и веселость его и нежность исчезали без следа — и то, что происходило между нами, не давало мне никаких надежд на будущее, точно я всё это во сне видел. Бывало, стану я рассматривать его умное, красивое, светлое лицо... сердце мое задрожит, всё существо мое устремится к нему... он словно почувствует, что во мне происходит, мимоходом потреплет меня по щеке — и либо уйдет, либо займется чем-нибудь, либо вдруг весь застынет, как он один умел застывать, и я тотчас же сожмусь и тоже похолодею. Редкие припадки его расположения ко мне никогда не были вызваны моими безмолвными, но понятными мольбами: они приходили всегда неожиданно. Размышляя впоследствии о характере моего отца, я пришел к тому заключению, что ему было не до меня и не до семейной жизни; он любил другое и насладился этим другим вполне. «Сам бери, что можешь, а в руки не давайся; самому себе принадлежать — в этом вся штука жизни», — сказал он мне однажды. В другой раз я в качестве молодого демократа пустился в его присутствии рассуждать о свободе (он в тот день был, как я это называл, «добрый»; тогда с ним можно было говорить о чем угодно).

— Свобода, — повторил он, — а знаешь ли ты, что может человеку дать свободу?

— Что?

— Воля, собственная воля, и власть она даст, которая лучше свободы. Умей хотеть — и будешь свободным, и командовать будешь.

Отец мой прежде всего и больше всего хотел жить — и жил... Быть может, он предчувствовал, что ему не придется долго пользоваться «штукой» жизни: он умер сорока двух лет.

Я подробно рассказал отцу мое посещение у Засекиных. Он полувнимательно, полурассеянно слушал меня, сидя на скамье и рисуя концом хлыстика на песке. Он изредка посмеивался, как-то светло и забавно поглядывал на меня и подзадоривал меня короткими вопросами и возражениями. Я сперва не решался даже выговорить имя Зинаиды, но не удержался и начал превозносить ее. Отец все продолжал посмеиваться. Потом он задумался, потянулся и встал.

Я вспомнил, что, выходя из дома, он велел оседлать себе лошадь. Он был отличный ездок — и умел, гораздо раньше г. Рери, укрощать самых диких лошадей.

— Я с тобой поеду, папаша? — спросил я его.

— Нет, — ответил он, и лицо его приняло обычное равнодушно-ласковое выражение. — Ступай один, коли хочешь; а кучеру скажи, что я не поеду.

Он повернулся ко мне спиной и быстро удалился. Я следил за ним глазами — он скрылся за воротами. Я видел, как его шляпа двигалась вдоль забора: он вошел к Засекиным.

Он остался у них не более часа, но тотчас же отправился в город и вернулся домой только к вечеру.

После обеда я сам пошел к Засекиным. В гостиной я застал одну старуху княгиню. Увидев меня, она почесала себе в голове под чепцом концом спицы и вдруг спросила меня, могу ли я переписать ей одну просьбу.

— С удовольствием, — отвечал я и присел на кончик стула.

— Только смотрите покрупнее буквы ставьте, — промолвила княгиня, подавая мне измаранный лист, — да нельзя ли сегодня, батюшка?

— Сегодня же перепишу-с.

Дверь из соседней комнаты чуть-чуть отворилась, и в отверстии показалось лицо Зинаиды — бледное, задумчивое, с небрежно откинутыми назад волосами: она посмотрела на меня большими холодными глазами и тихо закрыла дверь.

— Зина, а Зина! — проговорила старуха.

Зинаида не откликнулась. Я унес просьбу старухи и целый вечер просидел над ней.

IX

Моя «страсть» началась с того дня. Я, помнится, почувствовал тогда нечто подобное тому, что должен почувствовать человек, поступивший на службу: я уже перестал быть просто молодым мальчиком; я был влюбленный. Я сказал, что с того дня началась моя страсть; я бы мог прибавить, что и страдания мои начались с того же самого дня. Я изнывал в отсутствие Зинаиды: ничего мне на ум не шло, всё из рук валилось, я по целым дням напряженно думал о ней... Я изнывал... но в ее присутствии мне не становилось легче. Я ревновал, я сознавал свое ничтожество, я глупо дулся и глупо раболепствовал — и все-таки непреодолимая сила влекла меня к ней, и я всякий раз с невольной дрожью счастья переступал порог ее комнаты. Зинаида тотчас же догадалась, что я в нее влюбился, да я и не думал скрываться; она потешалась моей страстью, дурачила, баловала и мучила меня. Сладко быть единственным источником, самовластной и безответной причиной величайших радостей и глубочайшего горя для другого — а я в руках Зинаиды был как мягкий воск. Впрочем, не я один влюбился в нее: все мужчины, посещавшие ее дом, были от ней без ума — и она их всех держала на привязи, у своих ног. Ее забавляло возбуждать в них то надежды, то опасения, вертеть ими по своей прихоти (это она называла: стукать людей друг о друга) — а они и не думали сопротивляться и охотно покорялись ей. Во всем ее существе, живучем и красивом, была какая-то особенно обаятельная смесь хитрости и беспечности, искусственности и простоты, тишины и резвости; над всем, что она делала, говорила, над каждым ее движением носилась тонкая, легкая прелесть, во всем сказывалась своеобразная, играющая сила. И лицо ее беспрестанно менялось, играло тоже: оно выражало, почти в одно и то же время, — насмешливость, задумчивость и страстность. Разнообразнейшие чувства, легкие, быстрые, как тени облаков в солнечный ветреный день, перебегали то и дело по ее глазам и губам.

Каждый из ее поклонников был ей нужен. Беловзоров, которого она иногда называла «мой зверь», а иногда просто «мой», — охотно кинулся бы за нее в огонь; не надеясь на свои умственные способности и прочие достоинства, он всё предлагал ей жениться на ней, намекая на то, что другие только болтают. Майданов отвечал поэтическим струнам ее души: человек довольно холодный, как почти все сочинители, он напряженно уверял ее, а может быть, и себя, что он ее обожает, воспевал ее в нескончаемых стихах и читал их ей с каким-то и неестественным и искренним восторгом. Она и сочувствовала ему и чуть-чуть трунила над ним; она плохо ему верила и, наслушавшись его излияний, заставляла его читать Пушкина, чтобы, как она говорила, очистить воздух. Лушин, насмешливый, цинический на словах доктор, знал ее лучше всех — и любил ее больше всех, хотя бранил ее за глаза и в глаза. Она его уважала, но не спускала ему — и подчас с особенным, злорадным удовольствием давала ему чувствовать, что и он у ней в руках. «Я кокетка, я без сердца, я актерская натура, — сказала она ему однажды в моем присутствии, — а, хорошо! Так подайте ж вашу руку, я воткну в нее булавку, вам будет стыдно этого молодого человека, вам будет больно, а все-таки вы, господин правдивый человек, извольте смеяться». Лушин покраснел, отворотился, закусил губы, но кончил тем, что подставил руку. Она его уколола, и он точно начал смеяться... и она смеялась, запуская довольно глубоко булавку и заглядывая ему в глаза, которыми он напрасно бегал по сторонам...

Хуже всего я понимал отношения, существовавшие между Зинаидой и графом Малевским. Он был хорош собою, ловок и умен, но что-то сомнительное, что-то фальшивое чудилось в нем даже мне, шестнадцатилетнему мальчику, и я дивился тому, что Зинаида этого не замечает. А может быть, она и замечала эту фальшь и не гнушалась ею. Неправильное воспитание, странные знакомства и привычки, постоянное присутствие матери, бедность и беспорядок в доме, всё, начиная с самой свободы, которою пользовалась молодая девушка, с сознания ее превосходства над окружавшими ее людьми, развило в ней какую-то полупрезрительную небрежность и невзыскательность. Бывало, что ни случится — придет ли Вонифатий доложить, что сахару нет, выйдет ли наружу какая-нибудь дрянная сплетня, поссорятся ли гости, — она только кудрями встряхнет, скажет: пустяки! — и горя ей мало.

Зато у меня, бывало, вся кровь загоралась, когда Малевский подойдет к ней, хитро покачиваясь, как лиса, изящно обопрется на спинку ее стула и начнет шептать ей на ухо с самодовольной и заискивающей улыбочкой, — а она скрестит руки на груди, внимательно глядит на него, и сама улыбается и качает головой.

— Что вам за охота принимать господина Малевского? — спросил я ее однажды.

— А у него такие прекрасные усики, — отвечала она. — Да это не по вашей части.

— Вы не думаете ли, что я его люблю, — сказала она мне в другой раз. — Нет; я таких любить не могу, на которых мне приходится глядеть сверху вниз. Мне надобно такого, который сам бы меня сломил... Да я на такого не наткнусь, бог милостив! Не попадусь никому в лапы, ни-ни!

— Стало быть, вы никогда не полюбите?

— А вас-то? Разве я вас не люблю? — сказала она и ударила меня по носу концом перчатки.

Да, Зинаида очень потешалась надо мною. В течение трех недель я ее видел каждый день — и чего, чего она со мной не выделывала! К нам она ходила редко, и я об этом не сожалел: в нашем доме она превращалась в барышню, в княжну, — и я ее дичился. Я боялся выдать себя перед матушкой; она очень не благоволила к Зинаиде и неприязненно наблюдала за нами. Отца я не так боялся: он словно не замечал меня, а с ней говорил мало, но как-то особенно умно и значительно. Я перестал работать, читать — я даже перестал гулять по окрестностям, ездить верхом. Как привязанный за ножку жук, я кружился постоянно вокруг любимого флигелька: казалось, остался бы там навсегда... но это было невозможно; матушка ворчала на меня, иногда сама Зинаида меня прогоняла. Тогда я запирался у себя в комнате или уходил на самый конец сада, взбирался на уцелевшую развалину высокой каменной оранжереи и, свесив ноги со стены, выходившей на дорогу, сидел по часам и глядел, глядел, ничего не видя. Возле меня, по запыленной крапиве, лениво перепархивали белые бабочки; бойкий воробей садился недалеко на полусломанном красном кирпиче и раздражительно чирикал, беспрестанно поворачиваясь всем телом и распустив хвостик; всё еще недоверчивые вороны изредка каркали, сидя высоко, высоко на обнаженной макушке березы; солнце и ветер тихо играли в ее жидких ветках; звон колоколов Донского монастыря прилетал по временам, спокойный и унылый — а я сидел, глядел, слушал и наполнялся весь каким-то безыменным ощущением, в котором было всё: и грусть, и радость, и предчувствие будущего, и желание, и страх жизни. Но я тогда ничего этого не понимал и ничего бы не сумел назвать изо всего того, что во мне бродило, или бы назвал это всё одним именем — именем Зинаиды.

А Зинаида всё играла со мной, как кошка с мышью. Она то кокетничала со мной — и я волновался и таял, то она вдруг меня отталкивала — и я не смел приблизиться к ней, не смел взглянуть на нее.

Помнится, она несколько дней сряду была очень холодна со мною, я совсем заробел и, трусливо забегая к ним во флигель, старался держаться около старухи княгини, несмотря на то что она очень бранилась и кричала именно в это время: ее вексельные дела шли плохо, и она уже имела два объяснения с квартальным.

Однажды я проходил в саду мимо известного забора — и увидел Зинаиду: подпершись обеими руками, она сидела на траве и не шевелилась. Я хотел было осторожно удалиться, но она внезапно подняла голову и сделала мне повелительный знак. Я замер на месте: я не понял ее с первого раза. Она повторила свой знак. Я немедленно перескочил через забор и радостно подбежал к ней; но она остановила меня взглядом и указала мне на дорожку в двух шагах от нее. В смущении, не зная, что делать, я стал на колени на краю дорожки. Она до того была бледна, такая горькая печаль, такая глубокая усталость сказывалась в каждой ее черте, что сердце у меня сжалось, и я невольно пробормотал:

— Что с вами?

Зинаида протянула руку, сорвала какую-то травку, укусила ее и бросила ее прочь, подальше.

— Вы меня очень любите? — спросила она наконец. — Да?

Я ничего не отвечал — да и зачем мне было отвечать?

— Да, — повторила она, по-прежнему глядя на меня. — Это так. Такие же глаза, — прибавила она, задумалась и закрыла лицо руками. — Всё мне опротивело, — прошептала она, — ушла бы я на край света, не могу я это вынести, не могу сладить... И что ждет меня впереди!.. Ах, мне тяжело... боже мой, как тяжело!

— Отчего? — спросил я робко.

Зинаида мне не отвечала и только пожала плечами. Я продолжал стоять на коленях и с глубоким унынием глядел на нее. Каждое ее слово так и врезалось мне в сердце. В это мгновенье я, кажется, охотно бы отдал жизнь свою, лишь бы она не горевала. Я глядел на нее — и, все-таки не понимая, отчего ей было тяжело, живо воображал себе, как она вдруг, в припадке неудержимой печали, ушла в сад и упала на землю, как подкошенная. Кругом было и светло и зелено; ветер шелестил в листьях деревьев, изредка качая длинную ветку малины над головой Зинаиды. Где-то ворковали голуби — и пчелы жужжали, низко перелетывая по редкой траве. Сверху ласково синело небо — а мне было так грустно...

— Прочтите мне какие-нибудь стихи, — промолвила вполголоса Зинаида и оперлась на локоть. — Я люблю, когда вы стихи читаете. Вы поете, но это ничего, это молодо. Прочтите мне «На холмах Грузии». Только сядьте сперва.

Я сел и прочел «На холмах Грузии».

— «Что не любить оно не может», — повторила Зинаида. — Вот чем поэзия хороша: она говорит нам то, чего нет и что не только лучше того, что есть, но даже больше похоже на правду... Что не любить оно не может — и хотело бы, да не может! — Она опять умолкла и вдруг встрепенулась и встала. — Пойдемте. У мамаши сидит Майданов; он мне принес свою поэму, а я его оставила. Он также огорчен теперь... что делать! Вы когда-нибудь узнаете... только не сердитесь на меня!

Зинаида торопливо пожала мне руку и побежала вперед. Мы вернулись во флигель. Майданов принялся читать нам своего только что отпечатанного «Убийцу», но я не слушал его. Он выкрикивал нараспев свои четырехстопные ямбы, рифмы чередовались и звенели, как бубенчики, пусто и громко, а я всё глядел на Зинаиду и всё старался понять значение ее последних слов.

Иль, может быть, соперник тайный

Тебя нежданно покорил? —

воскликнул вдруг в нос Майданов — и мои глаза и глаза Зинаиды встретились. Она опустила их и слегка покраснела. Я увидал, что она покраснела, и похолодел от испуга. Я уже прежде ревновал к ней, но только в это мгновение мысль о том, что она полюбила, сверкнула у меня в голове: «Боже мой! она полюбила!»

X

Настоящие мои терзания начались с того мгновения. Я ломал себе голову, раздумывал, передумывал — и неотступно, хотя по мере возможности скрытно, наблюдал за Зинаидой. В ней произошла перемена — это было очевидно. Она уходила гулять одна и гуляла долго. Иногда она гостям не показывалась; по целым часам сидела у себя в комнате. Прежде этого за ней не водилось. Я вдруг сделался — или мне показалось, что я сделался — чрезвычайно проницателен. «Не он ли? или уж не он ли?» — спрашивал я самого себя, тревожно перебегая мыслью от одного ее поклонника к другому. Граф Малевский (хоть я и стыдился за Зинаиду в этом сознаться) втайне казался мне опаснее других.

Моя наблюдательность не видала дальше своего носа, и моя скрытность, вероятно, никого не обманула; по крайней мере доктор Лушин скоро меня раскусил. Впрочем, и он изменился в последнее время: он похудел, смеялся так же часто, но как-то глуше, злее и короче — невольная, нервическая раздражительность сменила в нем прежнюю легкую иронию и напущенный цинизм.

— Что вы это беспрестанно таскаетесь сюда, молодой человек, — сказал он мне однажды, оставшись со мною в гостиной Засекиных. (Княжна еще не возвращалась с прогулки, а крикливый голос княгини раздавался в мезонине: она бранилась со своей горничной.) — Вам бы надобно учиться, работать, — пока вы молоды, — а вы что делаете?

— Вы не можете знать, работаю ли я дома, — возразил я ему не без надменности, но и не без замешательства.

— Какая уж тут работа! у вас не то на уме. Ну, я не спорю... в ваши годы это в порядке вещей. Да выбор-то ваш больно неудачен. Разве вы не видите, что это за дом?

— Я вас не понимаю, — заметил я.

— Не понимаете? Тем хуже для вас. Я считаю долгом предостеречь вас. Нашему брату, старому холостяку, можно сюда ходить: что нам делается? мы народ прокаленный, нас ничем не проберешь; а у вас кожица еще нежная; здесь для вас воздух вредный — поверьте мне, заразиться можете.

— Как так?

— Да так же. Разве вы здоровы теперь? Разве вы в нормальном положении? Разве то, что вы чувствуете, полезно вам, хорошо?

— Да что же я чувствую? — сказал я, а сам в душе сознавал, что доктор прав.

— Эх, молодой человек, молодой человек, — продолжал доктор с таким выражением, как будто в этих двух словах заключалось что-то для меня весьма обидное, — где вам хитрить, ведь у вас еще, слава богу, что на душе, то и на лице. А впрочем, что толковать? Я бы и сам сюда не ходил, если б (доктор стиснул зубы)... если б я не был такой же чудак. Только вот чему я удивляюсь: как вы, с вашим умом, не видите, что делается вокруг вас?

— А что же такое делается? — подхватил я и весь насторожился.

Доктор посмотрел на меня с каким-то насмешливым сожалением.

— Хорош же и я, — промолвил он, словно про себя, — очень нужно это ему говорить. Одним словом, — прибавил он, возвысив голос, — повторяю вам: здешняя атмосфера вам не годится. Вам здесь приятно, да мало чего нет? И в оранжерее тоже приятно пахнет — да жить в ней нельзя. Эй! послушайтесь, возьмитесь опять за Кайданова!

Княгиня вошла и начала жаловаться доктору на зубную боль. Потом явилась Зинаида.

— Вот, — прибавила княгиня, — господин доктор, побраните-ка ее. Целый день пьет воду со льдом; разве ей это здорово, при ее слабой груди?

— Зачем вы это делаете? — спросил Лушин.

— А что из этого может выйти?

— Что? вы можете простудиться и умереть.

— В самом деле? Неужели? Ну что ж — туда и дорога!

— Вот как! — проворчал доктор.

Княгиня ушла.

— Вот как, — повторила Зинаида. — Разве жить так весело? Оглянитесь-ка кругом... Что — хорошо? Или вы думаете, что я этого не понимаю, не чувствую? Мне доставляет удовольствие — пить воду со льдом, и вы серьезно можете уверять меня, что такая жизнь стоит того, чтоб не рискнуть ею за миг удовольствия, — я уже о счастии не говорю.

— Ну да, — заметил Лушин, — каприз и независимость... Эти два слова вас исчерпывают: вся ваша натура в этих двух словах.

Зинаида нервически засмеялась.

— Опоздали почтой, любезный доктор. Наблюдаете плохо; отстаете. Наденьте очки. Не до капризов мне теперь; вас дурачить, себя дурачить... куда как весело! — А что до независимости... Мсьё Вольдемар, — прибавила вдруг Зинаида и топнула ножкой, — не делайте меланхолической физиономии. Я терпеть не могу, когда обо мне сожалеют. — Она быстро удалилась.

— Вредна, вредна вам здешняя атмосфера, молодой человек, — еще раз сказал мне Лушин.

XI

Вечером того же дня собрались у Засекиных обычные гости; я был в их числе.

Разговор зашел о поэме Майданова; Зинаида чистосердечно ее хвалила.

— Но знаете ли что? — сказала она ему, — если б я была поэтом, я бы другие брала сюжеты. Может быть, всё это вздор, но мне иногда приходят в голову странные мысли, особенно когда я не сплю, перед утром, когда небо начинает становиться и розовым и серым. Я бы, например... Вы не будете надо мной смеяться?

— Нет! нет! — воскликнули мы все в один голос.

— Я бы представила, — продолжала она, скрестив руки на груди и устремив глаза в сторону, — целое общество молодых девушек, ночью, в большой лодке — на тихой реке. Луна светит, а они все в белом и в венках из белых цветов, и поют, знаете, что-нибудь вроде гимна.

— Понимаю, понимаю, продолжайте, — значительно и мечтательно промолвил Майданов.

— Вдруг — шум, хохот, факелы, бубны на берегу... Это толпа вакханок бежит с песнями, с криком. Уж тут ваше дело нарисовать картину, господин поэт... только я бы хотела, чтобы факелы были красны и очень бы дымились и чтобы глаза у вакханок блестели под венками, а венки должны быть темные. Не забудьте также тигровых кож и чаш — и золота, много золота.

— Где же должно быть золото? — спросил Майданов, откидывая назад свои плоские волосы и расширяя ноздри.

— Где? На плечах, на руках, на ногах, везде. Говорят, в древности женщины золотые кольца носили на щиколотках. Вакханки зовут к себе девушек в лодке. Девушки перестали петь свой гимн — они не могут его продолжать, — но они не шевелятся: река подносит их к берегу. И вот вдруг одна из них тихо поднимается... Это надо хорошо описать: как она тихо встает при лунном свете и как ее подруги пугаются... Она перешагнула край лодки, вакханки ее окружили, умчали в ночь, в темноту... Представьте тут дым клубами, и всё смешалось. Только слышится их визг, да венок ее остался на берегу.

Зинаида умолкла. («О! она полюбила!» — подумал я опять.)

— И только? — спросил Майданов.

— Только, — отвечала она.

— Это не может быть сюжетом для целой поэмы, — важно заметил он, — но для лирического стихотворения я вашей мыслию воспользуюсь.

— В романтическом роде? — спросил Малевский.

— Конечно, в романтическом роде, байроновском.

— А по-моему, Гюго лучше Байрона, — небрежно промолвил молодой граф, — интереснее.

— Гюго — писатель первоклассный, — возразил Майданов, — и мой приятель Тонкошеев, в своем испанском романе «Эль-Тровадор»...

— Ах, это та книга с опрокинутыми вопросительными знаками? — перебила Зинаида.

— Да. Это так принято у испанцев. Я хотел сказать, что Тонкошеев...

— Ну, вы опять заспорите о классицизме и романтизме, — вторично перебила его Зинаида. — Давайте лучше играть...

— В фанты? — подхватил Лушин.

— Нет, в фанты скучно; а в сравненья. (Эту игру придумала сама Зинаида: назывался какой-нибудь предмет, всякий старался сравнить его с чем-нибудь, и тот, кто подбирал лучшее сравнение, получал приз.)

Она подошла к окну. Солнце только что село: на небе высоко стояли длинные красные облака.

— На что похожи эти облака? — спросила Зинаида и, не дожидаясь нашего ответа, сказала: — Я нахожу, что они похожи на те пурпуровые паруса, которые были на золотом корабле у Клеопатры, когда она ехала навстречу Антонию. Помните, Майданов, вы недавно мне об этом рассказывали?

Все мы, как Полоний в «Гамлете», решили, что облака напоминали именно эти паруса и что лучшего сравнения никто из нас не приищет.

— А сколько лет было тогда Антонию? — спросила Зинаида.

— Уж, наверное, был молодой человек, — заметил Малевский.

— Да, молодой, — уверительно подтвердил Майданов.

— Извините, — воскликнул Лушин, — ему было за сорок лет.

— За сорок лет, — повторила Зинаида, взглянув на него быстрым взглядом.

Я скоро ушел домой. «Она полюбила, — невольно шептали мои губы. — Но кого?»

XII

Дни проходили. Зинаида становилась всё странней, всё непонятней. Однажды я вошел к ней и увидел ее сидящей на соломенном стуле, с головой, прижатой к острому краю стола. Она выпрямилась... всё лицо ее было облито слезами.

— А! вы! — сказала она с жестокой усмешкой. — Подите-ка сюда.

Я подошел к ней: она положила мне руку на голову и, внезапно ухватив меня за волосы, начала крутить их.

— Больно... — проговорил я наконец.

— А! больно! а мне не больно? не больно? — повторила она.

— Ай! — вскрикнула она вдруг, увидав, что выдернула у меня маленькую прядь волос. — Что это я сделала? Бедный мсьё Вольдемар!

Она осторожно расправила вырванные волосы, обмотала их вокруг пальца и свернула их в колечко.

— Я ваши волосы к себе в медальон положу и носить их буду, — сказала она, а у самой на глазах всё блестели слезы. — Это вас, быть может, утешит немного... а теперь прощайте.

Я вернулся домой и застал там неприятность. У матушки происходило объяснение с отцом: она в чем-то упрекала его, а он, по своему обыкновению, холодно и вежливо отмалчивался — и скоро уехал. Я не мог слышать, о чем говорила матушка, да и мне было не до того; помню только, что по окончании объяснения она велела позвать меня к себе в кабинет и с большим неудовольствием отозвалась о моих частых посещениях у княгини, которая, по ее словам, была une femme capable de tout[7]. Я подошел к ней к ручке (это я делал всегда, когда хотел прекратить разговор) и ушел к себе. Слезы Зинаиды меня совершенно сбили с толку; я решительно не знал, на какой мысли остановиться, и сам готов был плакать: я все-таки был ребенком, несмотря на мои шестнадцать лет. Уже я не думал более о Малевском, хотя Беловзоров с каждым днем становился всё грознее и грознее и глядел на увертливого графа, как волк на барана; да я ни о чем и ни о ком не думал. Я терялся в соображениях и всё искал уединенных мест. Особенно полюбил я развалины оранжереи. Взберусь, бывало, на высокую стену, сяду и сижу там таким несчастным, одиноким и грустным юношей, что мне самому становится себя жалко, — и так мне были отрадны эти горестные ощущения, так упивался я ими!..

Вот однажды сижу я на стене, гляжу вдаль и слушаю колокольный звон... Вдруг что-то пробежало по мне — ветерок не ветерок и не дрожь, а словно дуновение, словно ощущение чьей-то близости... Я опустил глаза. Внизу, по дороге, в легком сереньком платье, с розовым зонтиком на плече, поспешно шла Зинаида. Она увидела меня, остановилась и, откинув край соломенной шляпы, подняла на меня свои бархатные глаза.

— Что это вы делаете там, на такой вышине? — спросила она меня с какой-то странной улыбкой. — Вот, — продолжала она, — вы всё уверяете, что вы меня любите, — спрыгните ко мне на дорогу, если вы действительно любите меня.

Не успела Зинаида произнести эти слова, как я уже летел вниз, точно кто подтолкнул меня сзади. В стене было около двух сажен вышины. Я пришелся о землю ногами, но толчок был так силен, что я не мог удержаться: я упал и на мгновенье лишился сознанья. Когда я пришел в себя, я, не раскрывая глаз, почувствовал возле себя Зинаиду.

— Милый мой мальчик, — говорила она, наклонясь надо мною, и в голосе ее звучала встревоженная нежность, — как мог ты это сделать, как мог ты послушаться... Ведь я люблю тебя... встань.

Ее грудь дышала возле моей, ее руки прикасались моей головы, и вдруг — что сталось со мной тогда! — ее мягкие, свежие губы начали покрывать всё мое лицо поцелуями... они коснулись моих

---

[7] женщиной, способной на что угодно (франц.).

губ... Но тут Зинаида, вероятно, догадалась, по выражению моего лица, что я уже пришел в себя, хотя я всё глаз не раскрывал, — и, быстро приподнявшись, промолвила:

— Ну вставайте, шалун, безумный; что это вы лежите в пыли?

Я поднялся.

— Подайте мне мой зонтик, — сказала Зинаида, — вишь, я его куда бросила; да не смотрите не меня так... что за глупости? Вы не ушиблись? чай, обожглись в крапиве? Говорят вам, не смотрите на меня... Да он ничего не понимает, не отвечает, — прибавила она, словно про себя. — Ступайте домой, мсьё Вольдемар, почиститесь, да не смейте идти за мной — а то я рассержусь, и уже больше никогда...

Она не договорила своей речи и проворно удалилась, а я присел на дорогу... ноги меня не держали. Крапива обожгла мне руки, спина ныла, и голова кружилась; но чувство блаженства, которое я испытал тогда, уже не повторилось в моей жизни. Оно стояло сладкой болью во всех моих членах и разрешилось наконец восторженными прыжками и восклицаниями. Точно: я был еще ребенок.

XIII

Я так был весел и горд весь этот день, я так живо сохранял на моем лице ощущение Зинаидиных поцелуев, я с таким содроганием восторга вспоминал каждое ее слово, я так лелеял свое неожиданное счастие, что мне становилось даже страшно, не хотелось даже увидеть ее, виновницу этих новых ощущений. Мне казалось, что уже больше ничего нельзя требовать от судьбы, что теперь бы следовало «взять, вздохнуть хорошенько в последний раз, да и умереть». Зато на следующий день, отправляясь во флигель, я чувствовал большое смущение, которое напрасно старался скрыть под личиною скромной развязности, приличной человеку, желающему дать знать, что он умеет сохранить тайну. Зинаида приняла меня очень просто, без всякого волнения, только погрозила мне пальцем и спросила: нет ли у меня синих пятен? Вся моя скромная развязность и таинственность исчезли мгновенно, а вместе с ними и смущение мое. Конечно, я ничего не ожидал особенного, но спокойствие Зинаиды меня точно холодной водой окатило. Я понял, что я дитя в ее глазах, — и мне стало очень тяжело! Зинаида ходила взад и вперед по комнате, всякий раз быстро улыбалась, как только взглядывала на меня; но мысли ее были далеко, я это ясно видел... «Заговорить самому о вчерашнем деле, — подумал я, — спросить ее, куда она так спешила, чтобы узнать окончательно...», но я только махнул рукой и присел в уголок.

Беловзоров вошел; я ему обрадовался.

— Не нашел я вам верховой лошади, смирной, — заговорил он суровым голосом, — Фрейтаг мне ручается за одну — да я не уверен. Боюсь.

— Чего же вы боитесь, — спросила Зинаида, — позвольте спросить?

— Чего? Ведь вы не умеете ездить. Сохрани бог, что случится! И что за фантазия пришла вам вдруг в голову?

— Ну, это мое дело, мсьё мой зверь. В таком случае я попрошу Петра Васильевича... (Моего отца звали Петром Васильевичем. Я удивился тому, что она так легко и свободно упомянула его имя, точно она была уверена в его готовности услужить ей).

— Вот как, — возразил Беловзоров. — Вы это с ним хотите ездить?

— С ним или с другим — это для вас всё равно. Только не с вами.

— Не со мной, — повторил Беловзоров. — Как хотите. Что ж? Я вам лошадь доставлю.

— Да только смотрите, не корову какую-нибудь. Я вас предуведомляю, что я хочу скакать.

— Скачите, пожалуй... С кем же это, с Малевским, что ли, вы поедете?

— А почему бы и не с ним, воин? Ну, успокойтесь, — прибавила она, — и не сверкайте глазами. Я и вас возьму. Вы знаете, что для меня теперь Малевский — фи! — Она тряхнула головой.

— Вы это говорите, чтобы меня утешит, — проворчал Беловзоров.

Зинаида прищурилась.

— Это вас утешает?.. О... о... о... воин! — сказала она наконец, как бы не найдя другого слова. — А вы, мсьё Вольдемар, поехали ли бы вы с нами?

— Я не люблю... в большом обществе... — пробормотал я, не поднимая глаз.

— Вы предпочитаете tête-à-tête?..[8] Ну, вольному воля, спасенному... рай, — промолвила она вздохнувши. — Ступайте же, Беловзоров, хлопочите. Мне лошадь нужна к завтрашнему дню.

— Да; а деньги откуда взять? — вмешалась княгиня.

Зинаида наморщила брови.

— Я у вас их не прошу; Беловзоров мне поверит.

— Поверит, поверит... — проворчала княгиня — и вдруг во всё горло закричала: — Дуняшка!

— Maman, я вам подарила колокольчик, — заметила княжна.

— Дуняшка! — повторила старуха.

Беловзоров откланялся; я ушел вместе с ним. Зинаида меня не удерживала.

XIV

На следующее утро я встал рано, вырезал себе палку и отправился за заставу. Пойду, мол, размыкаю свое горе. День был прекрасный, светлый и не слишком жаркий; веселый, свежий ветер гулял над землею и в меру шумел и играл, всё шевеля и ничего не тревожа. Я долго бродил по горам, по лесам; я не чувствовал себя счастливым, я вышел из дому с намерением предаться унынию, но молодость, прекрасная погода, свежий воздух, потеха быстрой ходьбы, нега уединенного лежания на густой траве — взяли свое: воспоминание о тех незабвенных словах, о тех поцелуях опять втеснилось мне в душу. Мне приятно было думать, что Зинаида не может, однако, не отдать справедливости моей решимости, моему героизму... «Другие для нее лучше меня, — думал я, — пускай! Зато другие только скажут, что сделают, а я сделал! И то ли я в состоянии еще сделать для нее!..» Воображение мое заиграло. Я начал представлять себе, как я буду спасать ее из рук неприятелей, как я, весь облитый кровью, исторгну ее из темницы, как умру у ее ног. Я вспомнил картину, висевшую у нас в гостиной: Малек-Аделя, уносящего Матильду, — и тут же занялся появлением большого пестрого дятла, который хлопотливо поднимался по тонкому стволу

---

[8] с глазу на глаз? (франц.).

березы и с беспокойством выглядывал из-за нее, то направо, то налево, точно музыкант из-за шейки контрабаса.

Потом я запел: «Не белы снеги» и свел на известный в то время романс: «Я жду тебя, когда зефир игривый»; потом я начал громко читать обращение Ермака к звездам из трагедии Хомякова; попытался было сочинить что-нибудь в чувствительном роде, придумал даже строчку, которой должно было заканчиваться всё стихотворение: «О, Зинаида! Зинаида!», но ничего не вышло. Между тем наступало время обеда. Я спустился в долину; узкая песчаная дорожка вилась по ней и вела в город. Я пошел по этой дорожке... Глухой стук лошадиных копыт раздался за мною. Я оглянулся, невольно остановился и снял фуражку: я увидел моего отца и Зинаиду. Они ехали рядом. Отец говорил ей что-то, перегнувшись к ней всем станом и опершись рукою на шею лошади; он улыбался. Зинаида слушала его молча, строго опустив глаза и сжавши губы. Я сперва увидал их одних; только через несколько мгновений, из-за поворота долины, показался Беловзоров в гусарском мундире с ментиком, на опененном вороном коне. Добрый конь мотал головою, фыркал и плясал: всадник и сдерживал его и шпорил. Я посторонился. Отец подобрал поводья, отклонился от Зинаиды, она медленно подняла на него глаза — и оба поскакали... Беловзоров промчался вслед за ними, гремя саблей. «Он красен, как рак, — подумал я, — а она... Отчего она такая бледная? ездила верхом целое утро — и бледная?»

Я удвоил шаги и поспел домой перед самым обедом. Отец уже сидел переодетый, вымытый и свежий, возле матушкиного кресла и читал ей своим ровным и звучным голосом фельетон «Journal des Débats», но матушка слушала его без внимания и, увидавши меня, спросила, где я пропадал целый день, и прибавила, что не любит, когда таскаются бог знает где и бог знает с кем. «Да я гулял один», — хотел было я ответить, но посмотрел на отца и почему-то промолчал.

XV

В течение следующих пяти, шести дней я почти не видел Зинаиды: она сказывалась больною, что не мешало, однако, обычным посетителям флигеля являться, как они выражались, на свое дежурство — всем, кроме Майданова, который тотчас падал духом и скучал, как только не имел случая восторгаться. Беловзоров сидел угрюмо в углу, весь застегнутый и красный; на тонком лице графа

Малевского постоянно бродила какая-то недобрая улыбка; он действительно впал в немилость у Зинаиды и с особенным стараньем подслуживался старой княгине, ездил с ней в ямской карете к генерал-губернатору. Впрочем, это поездка оказалась неудачной, и Малевскому вышла даже неприятность: ему напомнили какую-то историю с какими-то путейскими офицерами — и он должен был в объяснениях своих сказать, что был тогда неопытен. Лушин приезжал раза по два в день, но оставался недолго; я немножко боялся его после нашего последнего объяснения и в то же время чувствовал к нему искреннее влечение. Он однажды пошел гулять со мною по Нескучному саду, был очень добродушен и любезен, сообщал мне названия и свойства разных трав и цветов и вдруг, как говорится, ни к селу ни к городу, воскликнул, ударив себя по лбу: «А я, дурак, думал, что она кокетка! Видно, жертвовать собою сладко — для иных».

— Что вы хотите этим сказать? — спросил я.

— Вам я ничего не хочу сказать, — отрывисто возразил Лушин.

Меня Зинаида избегала: мое появление — я не мог этого не заметить — производило на нее впечатление неприятное. Она невольно отворачивалась от меня... невольно; вот что было горько, вот что меня сокрушало! Но делать было нечего — и я старался не попадаться ей на глаза и лишь издали ее подкарауливал, что не всегда мне удавалось. С ней по-прежнему происходило что-то непонятное; ее лицо стало другое, вся она другая стала. Особенно поразила меня происшедшая в ней перемена в один теплый, тихий вечер. Я сидел на низенькой скамеечке под широким кустом бузины; я любил это местечко: оттуда было видно окно Зинаидиной комнаты. Я сидел; над моей головой в потемневшей листве хлопотливо ворошилась маленькая птичка; серая кошка, вытянув спину, осторожно кралась в сад, и первые жуки тяжело гудели в воздухе, еще прозрачном, хотя уже не светлом. Я сидел и смотрел на окно — и ждал, не отворится ли оно: точно — оно отворилось, и в нем появилась Зинаида. На ней было белое платье — и сама она, ее лицо, плечи, руки были бледны до белизны. Она долго осталась неподвижной и долго глядела неподвижно и прямо из-под сдвинутых бровей. Я и не знал за ней такого взгляда. Потом она стиснула руки, крепко-крепко, поднесла их к губам, ко лбу — и вдруг, раздернув пальцы, откинула волосы от ушей, встряхнула ими и, с какой-то решительностью кивнув сверху вниз головою, захлопнула окно.

Дня три спустя она встретила меня в саду. Я хотел уклониться в сторону, но она сама меня остановила.

— Дайте мне руку, — сказала она мне с прежней лаской, — мы давно с вами не болтали.

Я взглянул на нее: глаза ее тихо светились, и лицо улыбалось, точно сквозь дымку.

— Вы всё еще нездоровы? — спросил я ее.

— Нет, теперь всё прошло, — отвечала она и сорвала небольшую красную розу. — Я немножко устала, но и это пройдет.

— И вы опять будете такая же, как прежде? — спросил я.

Зинаида поднесла розу к лицу — и мне показалось, как будто отблеск ярких лепестков упал ей на щеки.

— Разве я изменилась? — спросила она меня.

— Да, изменились, — ответил я вполголоса.

— Я с вами была холодна — я знаю, — начала Зинаида, — но вы не должны были обращать на это внимания... Я не могла иначе... Ну, да что об этом говорить!

— Вы не хотите, чтоб я любил вас, вот что! — воскликнул я мрачно, с невольным порывом.

— Нет, любите меня — но не так, как прежде.

— Как же?

— Будемте друзьями — вот как! — Зинаида дала мне понюхать розу. — Послушайте, ведь я гораздо старше вас — я могла бы быть вашей тетушкой, право; ну, не тетушкой, старшей сестрой. А вы...

— Я для вас ребенок, — перебил я ее.

— Ну да, ребенок, но милый, хороший, умный, которого я очень люблю. Знаете ли что? Я вас с нынешнего же дня жалую к себе в пажи; а вы не забывайте, что пажи не должны отлучаться от своих госпож. Вот вам знак вашего нового достоинства, — прибавила она, вдевая розу в петлю моей курточки, — знак нашей к вам милости.

— Я от вас прежде получал другие милости, — пробормотал я.

— А! — промолвила Зинаида и сбоку посмотрела на меня. — Какая у него память! Что ж? Я и теперь готова...

И, склонившись ко мне, она напечатлела мне на лоб чистый, спокойный поцелуй.

Я только посмотрел на нее, а она отвернулась и, сказавши: «Ступайте за мной, мой паж», — пошла к флигелю. Я отправился вслед за нею — и всё недоумевал. «Неужели, — думал я, — эта кроткая, рассудительная девушка — та самая Зинаида, которую я знал?» И походка ее мне казалась тише — вся ее фигура величественнее и стройней...

И боже мой! с какой новой силой разгоралась во мне любовь!

XVI

После обеда опять собрались во флигеле гости — и княжна вышла к ним. Всё общество была налицо, в полном составе, как в тот первый, незабвенный для меня вечер: даже Нирмацкий притащился; Майданов пришел в этот раз раньше всех — он принес новые стихи. Начались опять игры в фанты, но уже без прежних странных выходок, без дурачества и шума — цыганский элемент исчез. Зинаида дала новое настроение нашей сходке. Я сидел подле нее по праву пажа. Между прочим, она предложила, чтобы тот, чей фант вынется, рассказывал свой сон; но это не удалось. Сны выходили либо неинтересные (Беловзоров видел во сне, что накормил свою лошадь карасями и что у ней была деревянная голова), либо неестественные сочиненные. Майданов угостил нас целою повестью: тут были и могильные склепы, и ангелы с лирами, и говорящие цветы, и несущиеся издалека звуки. Зинаида не дала ему докончить.

— Коли уж дело пошло на сочинения, — сказала она, — так пускай каждый расскажет что-нибудь непременно выдуманное.

Первому досталось говорить тому же Беловзорову.

Молодой гусар смутился.

— Я ничего выдумать не могу! — воскликнул он.

— Какие пустяки! — подхватила Зинаида. — Ну, вообразите себе, например, что вы женаты, и расскажите нам, как бы вы проводили время с вашей женой. Вы бы ее заперли?

— Я бы ее запер.

— И сами бы сидели с ней?

— И сам непременно сидел бы с ней.

— Прекрасно. Ну, а если бы ей это надоело, и она бы изменила вам?

— Я бы ее убил.

— А если б она убежала?

— Я бы догнал ее и все-таки бы убил.

— Так. Ну, а положим, я была бы вашей женой, что бы вы тогда сделали?

Беловзоров помолчал.

— Я бы себя убил...

Зинаида засмеялась.

— Я вижу, у вас недолга песня.

Второй фант вышел Зинаидин. Она подняла глаза к потолку и задумалась.

— Вот, послушайте, — начала она наконец, — что я выдумала... Представьте себе великолепный чертог, летнюю ночь и удивительный бал. Бал этот дает молодая королева. Везде золото, мрамор, хрусталь, шелк, огни, алмазы, цветы, куренья, все прихоти роскоши.

— Вы любите роскошь? — перебил ее Лушин.

— Роскошь красива, — возразила она, — я люблю всё красивое.

— Больше прекрасного? — спросил он.

— Это что-то хитро, не понимаю. Не мешайте мне. Итак, бал великолепный. Гостей множество, все они молоды, прекрасны, храбры, все без памяти влюблены в королеву.

— Женщин нет в числе гостей? — спросил Малевский.

— Нет — или погодите — есть.

— Всё некрасивые?

— Прелестные. Но мужчины все влюблены в королеву. Она высока и стройна; у ней маленькая золотая диадема на черных волосах.

Я посмотрел на Зинаиду — и в это мгновение она мне показалась настолько выше всех нас, от ее белого лба, от ее недвижных бровей веяло таким светлым умом и такою властию, что я подумал: «Ты сама эта королева!»

— Все толпятся вокруг нее, — продолжала Зинаида, — все расточают перед ней самые льстивые речи.

— А она любит лесть? — спросил Лушин.

— Какой несносный! Всё перебивает... Кто ж не любит лести?

— Еще один, последний вопрос, — заметил Малевский. — У королевы есть муж?

— Я об этом и не подумала. Нет, зачем муж?

— Конечно, — подхватил Малевский, — зачем муж?

— Silence![9] — воскликнул Майданов, который по-французски говорил плохо.

— Merci, — сказала ему Зинаида. — Итак, королева слушает эти речи, слушает музыку, но не глядит ни на кого из гостей. Шесть окон раскрыты сверху донизу, от потолка до полу; а за ними темное небо с большими звездами да темный сад с большими деревьями. Королева глядит в сад. Там, около деревьев, фонтан; он белеет во мраке — длинный, длинный, как привидение. Королева слышит сквозь говор и музыку тихий плеск воды. Она смотрит и думает: вы все, господа, благородны, умны, богаты, вы окружили меня, вы дорожите каждым моим словом, вы все готовы умереть у моих ног, я владею вами. А там, возле фонтана, возле этой плещущей воды, стоит и ждет меня тот, кого я люблю, кто мною владеет. На нем нет ни богатого платья, ни драгоценных камней, никто его не знает, но он ждет меня и уверен, что я приду, — и я приду, и нет такой власти, которая бы остановила меня, когда я захочу пойти к нему, и остаться с ним, и потеряться с ним там, в темноте сада, под шорох деревьев, под плеск фонтана...

Зинаида умолкла.

— Это выдумка? — хитро спросил Малевский.

Зинаида даже не посмотрела на него.

— А что бы мы сделали, господа, — вдруг заговорил Лушин, — если бы мы были в числе гостей и знали про этого счастливца у фонтана?

---

[9] Тише! (франц.).

— Постойте, постойте, — перебила Зинаида, — я сама скажу вам, что бы каждый из вас сделал. Вы, Беловзоров, вызвали бы его на дуэль; вы, Майданов, написали бы на него эпиграмму... Впрочем, нет — вы не умеете писать эпиграмм; вы сочинили бы на него длинный ямб, вроде Барбье, и поместили бы ваше произведение в «Телеграфе». Вы, Нирмацкий, заняли бы у него... нет, вы бы дали ему взаймы денег за проценты; вы, доктор... — Она остановилась. — Вот я про вас не знаю, что бы вы сделали.

— По званию лейб-медика, — отвечал Лушин, — я бы присоветовал королеве не давать балов, когда ей не до гостей...

— Может быть, вы были бы правы. А вы, граф...

— А я? — повторил со своей недоброй улыбкой Малевский...

— А вы бы поднесли ему отравленную конфетку.

Лицо Малевского слегка перекосилось и приняло на миг жидовское выражение, но он тотчас же захохотал.

— Что же касается до вас, Вольдемар... — продолжала Зинаида, — впрочем, довольно; давайте играть в другую игру.

— Мсьё Вольдемар, в качестве пажа королевы, держал бы ей шлейф, когда бы она побежала в сад, — ядовито заметил Малевский.

Я вспыхнул, но Зинаида проворно положила мне на плечо руку и, приподнявшись, промолвила слегка дрожащим голосом:

— Я никогда не давала вашему сиятельству права быть дерзким и потому прошу вас удалиться. — Она указала ему на дверь.

— Помилуйте, княжна, — пробормотал Малевский и весь побледнел.

— Княжна права, — воскликнул Беловзоров и тоже поднялся.

— Я, ей-богу, никак не ожидал, — продолжал Малевский, — в моих словах, кажется, ничего не было такого... у меня и в мыслях не было оскорбить вас... Простите меня.

Зинаида окинула его холодным взглядом и холодно усмехнулась.

— Пожалуй, останьтесь, — промолвила она с небрежным движением руки. — Мы с мсьё Вольдемаром напрасно рассердились. Вам весело жалиться.... на здоровье.

— Простите меня, — еще раз повторил Малевский, а я, вспоминая движение Зинаиды, подумал опять, что настоящая королева не могла бы с большим достоинством указать дерзновенному на дверь.

Игра в фанты продолжалась недолго после этой небольшой сцены; всем немного стало неловко, не столько от самой этой сцены, сколько от другого, не совсем определенного, но тяжелого чувства. Никто о нем не говорил, но всякий сознавал его и в себе и в своем соседе. Майданов прочел нам свои стихи — и Малевский с преувеличенным жаром расхвалил их. «Как ему теперь хочется показаться добрым», — шепнул мне Лушин. Мы скоро разошлись. На Зинаиду внезапно напало раздумье; княгиня выслала сказать, что у ней голова болит; Нирмацкий стал жаловаться на свои ревматизмы...

Я долго не мог заснуть, меня поразил рассказ Зинаиды.

— Неужели в нем заключался намек? — спрашивал я самого себя, — и на кого, на что она намекала? И если точно есть на что намекнуть... как же решиться? Нет, нет, не может быть, — шептал я, переворачиваясь с одной горячей щеки на другую... Но я вспоминал выражение лица Зинаиды во время ее рассказа... я вспоминал восклицание, вырвавшееся у Лушина в Нескучном, внезапные перемены в ее обращении со мною — и терялся в догадках. «Кто он?» Эти два слова точно стояли перед моими глазами, начертанные во мраке; точно низкое зловещее облако повисло надо мною — и я чувствовал его давление и ждал, что вот-вот оно разразится. Ко многому я привык в последнее время, на многое насмотрелся у Засекиных; их беспорядочность, сальные огарки, сломанные ножи и вилки, мрачный Вонифатий, обтёрханные горничные, манеры самой княгини — вся эта странная жизнь уже не поражала меня более... Но к тому, что мне смутно чудилось теперь в Зинаиде, — я привыкнуть не мог... «Авантюрьерка», — сказала про нее однажды моя мать. Авантюрьерка — она, мой идол, мое божество! Это название жгло меня, я старался уйти от него в подушку, я негодовал — и в то же время, на что бы я не согласился, чего бы я не дал, чтобы только быть тем счастливцем у фонтана!..

Кровь во мне загорелась и расходилась. «Сад... фонтан... — подумал я. — Пойду-ка я в сад». Я проворно оделся и выскользнул из дому. Ночь была темна, деревья чуть шептали; с неба падал тихий холодок, от огорода тянуло запахом укропа. Я обошел все аллеи; легкий звук моих шагов меня и смущал и бодрил; я останавливался, ждал и слушал, как стукало мое сердце — крупно и скоро. Наконец, я приблизился к забору и оперся на тонкую жердь. Вдруг — или это мне почудилось? — в нескольких шагах от меня промелькнула женская фигура... Я усиленно устремил взор в темноту — я притаил дыхание. Что это? Шаги ли мне слышатся — или это опять стучит мое сердце? «Кто здесь?» — пролепетал я едва внятно. Что это опять? подавленный ли смех?.. или шорох в листьях... или вздох над самым ухом? Мне стало страшно... «Кто здесь?» — повторил я еще тише.

Воздух заструился на мгновение; по небу сверкнула огненная полоска: звезда покатилась. «Зинаида?» — хотел спросить я, но звук замер у меня на губах. И вдруг всё стало глубоко безмолвно кругом, как это часто бывает в середине ночи... Даже кузнечики перестали трещать в деревьях — только окошко где-то звякнуло. Я постоял, постоял и вернулся в свою комнату, к своей простывшей постели. Я чувствовал странное волнение: точно я ходил на свидание — и остался одиноким и прошел мимо чужого счастия.

XVII

На следующий день я видел Зинаиду только мельком: она ездила куда-то с княгинею на извозчике. Зато я видел Лушина, который, впрочем, едва удостоил меня привета, и Малевского. Молодой граф осклабился и дружелюбно заговорил со мною. Из всех посетителей флигелька он один умел втереться к нам в дом и полюбился матушке. Отец его не жаловал и обращался с ним до оскорбительности вежливо.

— Ah, monsieur le page![10] — начал Малевский, — очень рад вас встретить. Что делает ваша прекрасная королева?

Его свежее, красивое лицо так мне было противно в эту минуту — и он глядел на меня так презрительно-игриво, что я не отвечал ему вовсе.

— Вы всё сердитесь? — продолжал он. — Напрасно. Ведь не я вас назвал пажем, а пажи бывают преимущественно у королей. Но позвольте вам заметить, что вы худо исполняете свою обязанность.

---

[10] А, господин паж! (франц.).

— Как так?

— Пажи должны быть неотлучны при своих владычицах; пажи должны всё знать, что они делают, они должны даже наблюдать за ними, — прибавил он, понизив голос, — днем и ночью.

— Что вы хотите сказать?

— Что я хочу сказать? Я, кажется, ясно выражаюсь. Днем — и ночью. Днем еще так и сяк; днем светло и людно; но ночью — тут как раз жди беды. Советую вам не спать по ночам и наблюдать, наблюдать из всех сил. Помните — в саду, ночью, у фонтана — вот где надо караулить. Вы мне спасибо скажете.

Малевский засмеялся и повернулся ко мне спиной. Он, вероятно, не придавал особенного значенья тому, что сказал мне; он имел репутацию отличного мистификатора и славился своим умением дурачить людей на маскарадах, чему весьма способствовала та почти бессознательная лживость, которою было проникнуто всё его существо... Он хотел только подразнить меня; но каждое его слово протекло ядом по всем моим жилам. Кровь бросилась мне в голову. «А! вот что! — сказал я самому себе, — добро! Стало быть, мои вчерашние предчувствия были справедливы! Стало быть, меня недаром тянуло в сад! Так не бывать же этому!» — воскликнул я громко и ударил кулаком себя в грудь, хотя я собственно и не знал — чему не бывать. «Сам ли Малевский пожалует в сад, — думал я (он, может быть, проболтался: на это дерзости у него станет), — другой ли кто (ограда нашего сада была очень низка, и никакого труда не стоило перелезть через нее), — но только несдобровать тому, кто мне попадется! Никому не советую встречаться со мною! Я докажу всему свету и ей, изменнице (я так-таки и назвал ее изменницей), что я умею мстить!»

Я вернулся к себе в комнату, достал из письменного стола недавно купленный английский ножик, пощупал острие лезвия и, нахмурив брови, с холодной и сосредоточенной решительностью сунул его себе в карман, точно мне такие дела делать было не в диво и не впервой. Сердце во мне злобно приподнялось и окаменело; я до самой ночи не раздвинул бровей и не разжал губ, и то и дело похаживал взад и вперед, стискивая рукою в кармане разогревшийся нож и заранее приготовляясь к чему-то страшному. Эти новые, небывалые ощущения до того занимали и даже веселили меня, что собственно о Зинаиде я мало думал. Мне всё мерещились: Алеко, молодой цыган — «Куда, красавец молодой? — Лежи...», а потом: «Ты весь обрызган кровью!.. О, что ты сделал?..» — «Ничего!» С какой жестокой улыбкой я повторил это: ничего! Отца не было дома; но матушка, которая с некоторого времени находилась в состоянии почти постоянного глухого раздражения, обратила внимание на мой фатальный вид и сказала мне за ужином: «Чего ты дуешься, как мышь на крупу?» Я только снисходительно усмехнулся ей в ответ и подумал: «Если б они знали!» Пробила одиннадцать часов; я ушел к себе, но не раздевался, я выжидал полночи; наконец пробила и она. «Пора!» — шепнул я сквозь зубы и, застегнувшись доверху, засучив даже рукава, отправился в сад.

Я уже заранее выбрал себе место, где караулить. На конце сада, там, где забор, разделявший наши и засекинские владения, упирался в общую стену, росла одинокая ель. Стоя под ее низкими, густыми ветвями, я мог хорошо видеть, насколько позволяла ночная темнота, что происходило вокруг; тут же вилась дорожка, которая мне всегда казалась таинственной: она змеей проползала под забором, носившим в этом месте следы перелезавших ног, и вела к круглой беседке из сплошных акаций. Я добрался до ели, прислонился к ее стволу и начал караулить.

Ночь стояла такая же тихая, как и накануне; но на небе было меньше туч — и очертанья кустов, даже высоких цветов, яснее виднелись. Первые мгновенья ожидания были томительны, почти страшны. Я на всё решился, я только соображал: как мне поступить? Загреметь ли: «Куда идешь? Стой! сознайся — или смерть!» — или просто поразить... Каждый звук, каждый шорох и шелест казался мне значительным, необычайным... Я готовился... Я наклонился вперед... Но прошло полчаса, прошел час; кровь моя утихала, холодела; сознание, что я напрасно всё это делаю, что я даже несколько смешон, что Малевский подшутил надо мною, — начало прокрадываться мне в душу. Я покинул мою засаду и обошел весь сад. Как нарочно, нигде не было слышно малейшего шума; всё покоилось; даже собака наша спала, свернувшись в клубочек у калитки. Я взобрался на развалину оранжереи, увидел пред собою далекое поле, вспомнил встречу с Зинаидой и задумался...

Я вздрогнул... Мне почудился скрип отворявшейся двери, потом легкий треск переломанного сучка. Я в два прыжка спустился с развалины — и замер на месте. Быстрые, легкие, но осторожные шаги явственно раздавались в саду. Они приближались ко мне. «Вот он... Вот он, наконец!» — промчалось у меня по сердцу. Я судорожно выдернул нож из кармана, судорожно раскрыл его — какие-то красные искры закрутились у меня в глазах, от страха и злости на голове зашевелились волосы... Шаги направлялись прямо на меня — я сгибался, я тянулся им навстречу... Показался человек... боже мой! это был мой отец!

Я тотчас узнал его, хотя он весь закутался в темный плащ и шляпу надвинул на лицо. На цыпочках прошел он мимо. Он не заметил меня, хотя меня ничто не скрывало, но я так скорчился и съежился, что, кажется, сравнялся с самою землею. Ревнивый, готовый на убийство Отелло внезапно превратился в школьника... Я до того испугался неожиданного появления отца, что даже на первых порах не заметил, откуда он шел и куда исчез. Я только тогда выпрямился и подумал: «Зачем это отец ходит ночью по саду», — когда опять всё утихло вокруг. Со страху я уронил нож в траву, но даже искать его не стал: мне было очень стыдно. Я разом отрезвился. Возвращаясь домой, я, однако, подошел к моей скамеечке под кустом бузины и взглянул на окошко Зинаидиной спальни. Небольшие, немного выгнутые стекла окошка тускло синели при слабом свете, падавшем с ночного неба. Вдруг — цвет их стал изменяться... За ними — я это видел, видел явственно — осторожно и тихо спускалась беловатая штора, спустилась до оконницы — и так и осталась неподвижной.

— Что ж это такое? — проговорил я вслух, почти невольно, когда снова очутился в своей комнате. — Сон, случайность или... — Предположения, которые внезапно вошли мне в голову, так были новы и странны, что я не смел даже предаться им.

XVIII

Я встал поутру с головною болью. Вчерашнее волнение исчезло. Оно заменилось тяжелым недоумением и какою-то еще небывалою грустью — точно во мне что-то умирало.

— Что это вы смотрите кроликом, у которого вынули половину мозга? — сказал мне, встретившись со мною, Лушин.

За завтраком я украдкой взглядывал то на отца, то на мать: он был спокоен, по обыкновению; она, по обыкновению, тайно раздражалась. Я ждал, не заговорит ли отец со мною дружелюбно, как это иногда с ним случалось... Но он даже не поласкал меня своей вседневною, холодною лаской. «Рассказать всё Зинаиде?.. — подумал я. — Ведь уж всё равно — всё кончено между нами». Я отправился к ней, но не только ничего не рассказал ей — даже побеседовать с ней мне не удалось, как бы хотелось. К княгине на вакансию приехал из Петербурга родной ее сын, кадет, лет двенадцати; Зинаида тотчас поручила мне своего брата.

— Вот вам, — сказала она, — мой милый Володя (она в первый раз так меня называла), товарищ. Его тоже зовут Володей. Пожалуйста, полюбите его; он еще дичок, но у него сердце доброе. Покажите ему Нескучное, гуляйте с ним, возьмите его под свое покровительство. Не правда ли, вы это сделаете? вы тоже такой добрый!

Она ласково положила мне обе руки на плечи — а я совсем потерялся. Прибытие этого мальчика превращало меня самого в мальчика. Я глядел молча на кадета, который так же безмолвно уставился на меня. Зинаида расхохоталась и толкнула нас друг на друга.

— Да обнимитесь же, дети!

Мы обнялись.

— Хотите, я вас поведу в сад? — спросил я кадета.

— Извольте-с, — отвечал он сиплым, прямо кадетским голосом.

Зинаида опять рассмеялась... Я успел заметить, что никогда еще не было у ней на лице таких прелестных красок. Мы с кадетом отправились. У нас в саду стояли старенькие качели. Я его посадил на тоненькую дощечку и начал его качать. Он сидел неподвижно, в новом своем мундирчике из толстого сукна, с широкими золотыми позументами, и крепко держался за веревки.

— Да вы расстегните свой воротник, — сказал я ему.

— Ничего-с, мы привыкли-с, — проговорил он и откашлялся.

Он походил на свою сестру; особенно глаза ее напоминали. Мне было и приятно ему услуживать, и в то же время та же ноющая грусть тихо грызла мне сердце. «Теперь уж я точно ребенок, — думал я, — а вчера...» Я вспомнил, где я накануне уронил ножик, и отыскал его. Кадет выпросил его у меня, сорвал толстый стебель зори, вырезал из него дудку и принялся свистать. Отелло посвистал тоже.

Но зато вечером, как он плакал, этот самый Отелло, на руках Зинаиды, когда, отыскав его в уголку сада, она спросила его, отчего он так печален? Слезы мои хлынули с такой силой, что она испугалась.

— Что с вами? что с вами, Володя? — твердила она и, видя, что я не отвечаю ей и не перестаю плакать, вздумала было поцеловать мою мокрую щеку.

Но я отвернулся от нее и прошептал сквозь рыдания:

— Я всё знаю; зачем же вы играли мною?.. На что вам нужна была моя любовь?

— Я виновата перед вами, Володя... — промолвила Зинаида. — Ах, я очень виновата... — прибавила она и стиснула руки. — Сколько во мне дурного, темного, грешного... Но я теперь не играю вами, я вас люблю — вы и не подозреваете, почему и как... Однако что же вы знаете?

Что мог я сказать ей? Она стояла передо мною и глядела на меня — а я принадлежал ей весь, с головы до ног, как только она на меня глядела... Четверть часа спустя я уже бегал с кадетом и с Зинаидой взапуски; я не плакал, я смеялся, хотя напухшие веки от смеха роняли слезы; у меня на шее, вместо галстучка, была повязана лента Зинаиды, и я закричал от радости, когда мне удалось поймать ее за талию. Она делала со мной всё что хотела.

XIX

Я пришел бы в большое затруднение, если бы меня заставили рассказать подробно, что происходило со мною в течение недели после моей неудачной ночной экспедиции. Это было странное, лихорадочное время, хаос какой-то, в котором самые противоположные чувства, мысли, подозренья, надежды, радости и страданья кружились вихрем; я страшился заглянуть в себя, если только шестнадцатилетний мальчик может в себя заглянуть, страшился отдать себе отчет в чем бы то ни было; я просто спешил прожить день до вечера; зато ночью я спал... детское легкомыслие мне помогало. Я не хотел знать, любят ли меня, и не хотел сознаться самому себе, что меня не любят; отца я избегал — но Зинаиды избегать я не мог... Меня жгло как огнем в ее присутствии... но к чему мне было знать, что это был за огонь, на котором я горел и таял, — благо мне было сладко таять и гореть. Я отдавался всем своим впечатлениям и сам с собой лукавил, отворачивался от воспоминаний и закрывал глаза перед тем, что предчувствовал впереди... Это томление, вероятно, долго бы не продолжилось... громовой удар разом всё прекратил и перебросил меня в новую колею.

Вернувшись однажды к обеду с довольно продолжительной прогулки, я с удивлением узнал, что буду обедать один, что отец уехал, а матушка нездорова, не желает кушать и заперлась у себя в спальне. По лицам лакеев я догадывался, что произошло нечто необыкновенное... Расспрашивать их я не смел, но у меня был приятель, молодой буфетчик Филипп, страстный охотник до стихов и артист на гитаре — я к нему обратился. От него я узнал, что между отцом и матушкой произошла страшная сцена (а в девичьей всё было слышно до единого слова; многое было сказано по-французски — да горничная Маша пять лет жила у швеи из Парижа и всё понимала); что матушка моя упрекала отца в неверности, в знакомстве с соседней барышней, что отец сперва оправдывался, потом вспыхнул и в свою очередь сказал какое-то жестокое слово, «якобы об ихних летах», отчего матушка заплакала; что матушка также упомянула о векселе, будто бы данном старой княгине, и очень о ней дурно отзывалась и о барышне также, и что тут отец ей пригрозил.

— А произошла вся беда, — продолжал Филипп, — от безымянного письма; а кто его написал — неизвестно; а то бы как этим делам наружу выйти, причины никакой нет.

— Да разве что-нибудь было? — с трудом проговорил я, между тем как руки и ноги у меня холодели и что-то задрожало в самой глубине груди.

Филипп знаменательно мигнул.

— Было. Этих делов не скроешь; уж на что батюшка ваш в этом разе осторожен — да ведь надобно ж, примерно, карету нанять или там что... без людей не обойдёшься тоже.

Я услал Филиппа — и повалился на постель. Я не зарыдал, не предался отчаянию; я не спрашивал себя, когда и как всё это случилось; не удивлялся, как я прежде, как я давно не догадался, — я даже не роптал на отца... То, что я узнал, было мне не под силу: это внезапное откровение раздавило меня... Всё было кончено. Все цветы мои были вырваны разом и лежали вокруг меня, разбросанные и истоптанные.

XX

Матушка на следующий день объявила, что переезжает в город. Утром отец вошел к ней в спальню и долго сидел с нею наедине. Никто не слышал, что он сказал ей, но матушка уж не плакала больше; она успокоилась и кушать потребовала — однако не показалась и решения своего не переменила. Помнится, я пробродил целый день, но в сад не заходил и ни разу не взглянул на флигель, а вечером я был свидетелем удивительного происшествия: отец мой вывел графа Малевского под руку через залу в переднюю и, в присутствии лакея, холодно сказал ему: «Несколько дней тому назад вашему сиятельству в одном доме указали на дверь; а теперь я не буду входить с вами в объяснения, но имею честь вам доложить, что если вы еще раз пожалуете ко мне, то я вас выброшу в окошко. Мне ваш почерк не нравится». Граф наклонился, стиснул зубы, съежился и исчез.

Начались сборы к переселению в город, на Арбат, где у нас был дом. Отцу, вероятно, самому уже не хотелось более оставаться на даче; но, видно, он успел упросить матушку не затевать истории. Всё делалось тихо, не спеша, матушка велела даже поклониться княгине и изъявить ей сожаление, что по нездоровью не увидится с ней до отъезда. Я бродил, как шальной, — и одного только желал, как бы поскорее всё это кончилось. Одна мысль не выходила у меня из головы: как могла она, молодая девушка — ну, и все-таки княжна, — решиться на такой поступок, зная, что мой отец человек несвободный, и имея возможность выйти замуж хоть, например, за Беловзорова? На что же она надеялась? Как не побоялась погубить всю свою будущность? Да, думал я, вот это — любовь, это — страсть, это — преданность... и вспоминались мне слова Лушина: жертвовать собою сладко для иных. Как-то пришлось мне увидеть в одном из окон флигеля бледное пятно... «Неужели это лицо Зинаиды?» — подумал я... Точно, это было ее лицо. Я не вытерпел. Я не мог расстаться с нею, не сказав ей последнего прости. Я улучил удобное мгновение и отправился во флигель.

В гостиной княгиня встретила меня своим обычным, неопрятно-небрежным приветом.

— Что это, батюшка, ваши так рано всполошились? — промолвила она, забивая табак в обе ноздри.

Я посмотрел на нее, и у меня отлегло от сердца. Слово: вексель, сказанное Филиппом, мучило меня. Она ничего не подозревала... по крайней мере мне тогда так показалось. Зинаида появилась из соседней комнаты, в черном платье, бледная, с развитыми волосами; она молча взяла меня за руку и увела с собой.

— Я услышала ваш голос, — начала она, — и тотчас вышла. И вам так легко было нас покинуть, злой мальчик?

— Я пришел с вами проститься, княжна, — отвечал я, — вероятно, навсегда. Вы, может быть, слышали — мы уезжаем.

Зинаида пристально посмотрела на меня.

— Да, я слышала. Спасибо, что пришли. Я уже думала, что не увижу вас. Не поминайте меня лихом. Я иногда мучила вас; но все-таки я не такая, какою вы меня воображаете.

Она отвернулась и прислонилась к окну.

— Право, я не такая. Я знаю, вы обо мне дурного мнения.

— Я?

— Да, вы... вы.

— Я? — повторил я горестно, и сердце у меня задрожало по-прежнему под влиянием неотразимого, невыразимого обаяния. — Я? Поверьте, Зинаида Александровна, что бы вы ни сделали, как бы вы ни мучили меня, я буду любить и обожать вас до конца дней моих.

Она быстро обернулась ко мне и, раскрыв широко руки, обняла мою голову и крепко и горячо поцеловала меня. Бог знает, кого искал этот долгий, прощальный поцелуй, но я жадно вкусил его сладость. Я знал, что он уже никогда не повторится.

— Прощайте, прощайте, — твердил я...

Она вырвалась и ушла. И я удалился. Я не в состоянии передать чувство, с которым я удалился. Я бы не желал, чтобы оно когда-нибудь повторилось; но я почел бы себя несчастливым, если бы я никогда его не испытал.

Мы переехали в город. Не скоро я отделался от прошедшего, не скоро принялся за работу. Рана моя медленно заживала; но собственно против отца у меня не было никакого дурного чувства. Напротив: он как будто еще вырос в моих глазах... Пускай психологи объяснят это противоречие как знают. Однажды я шел по бульвару и, к неописанной моей радости, столкнулся с Лушиным. Я его любил за его прямой и нелицемерный нрав, да притом он был мне дорог по воспоминаниям, которые он во мне возбуждал. Я бросился к нему.

— Ага! — промолвил он и нахмурил брови. — Это вы, молодой человек! Покажите-ка себя. Вы всё еще желты, а все-таки в глазах нет прежней дряни. Человеком смотрите, не комнатной собачкой. Это хорошо. Ну, что же вы? работаете?

Я вздохнул. Лгать мне не хотелось, а правду сказать я стыдился.

— Ну, ничего, — продолжал Лушин, — не робейте. Главное дело: жить нормально и не поддаваться увлечениям. А то что пользы? Куда бы волна ни понесла — всё худо; человек хоть на камне стой, да на своих ногах. Я вот кашляю... а Беловзоров — слыхали бы?

— Что такое? нет.

— Без вести пропал; говорят, на Кавказ уехал. Урок вам, молодой человек. А вся штука оттого, что не умеют вовремя расстаться, разорвать сети. Вот вы, кажется, выскочили благополучно. Смотрите же, не попадитесь опять. Прощайте.

«Не попадусь... — думал я, — не увижу ее больше»; но мне было суждено еще раз увидеть Зинаиду.

XXI

Отец мой каждый день выезжал верхом; у него была славная рыже-чалая английская лошадь, с длинной тонкой шеей и длинными ногами, неутомимая и злая. Ее звали Электрик. Кроме отца, на ней никто ездить не мог. Однажды он пришел ко мне в добром расположении духа, чего с ним давно не бывало; он собирался выехать и уже надел шпоры. Я стал просить его взять меня с собою.

— Давай лучше играть в чехарду, — отвечал мне отец, — а то ты на своем клепере за мной не поспеешь.

— Поспею; я тоже шпоры надену.

— Ну, пожалуй.

Мы отправились. У меня был вороненький, косматый конек, крепкий на ноги и довольно резвый; правда, ему приходилось скакать во все лопатки, когда Электрик шел полной рысью, но я все-таки не отставал. Я не видывал всадника, подобного отцу; он сидел так красиво и небрежно-ловко, что, казалось, сама лошадь под ним это чувствовала и щеголяла им. Мы проехали по всем бульварам, побывали на Девичьем поле, перепрыгнули через несколько заборов (сперва я боялся прыгать, но отец презирал робких людей, — и я перестал бояться), переехали дважды чрез Москву-реку — и я уже думал, что мы возвращаемся домой, тем более что сам отец заметил, что лошадь моя устала, как вдруг он повернул от меня в сторону от Крымского броду и поскакал вдоль берега. Я пустился вслед за ним. Поравнявшись с высокой грудой сложенных старых бревен, он проворно соскочил с Электрика, велел мне слезть и, отдав мне поводья своего коня, сказал, чтобы я подождал его тут же, у бревен, а сам повернул в небольшой переулок и исчез. Я принялся расхаживать взад и вперед вдоль берега, ведя за собой лошадей и бранясь с Электриком, который на ходу то и дело дергал головой, встряхивался, фыркал, ржал; а когда я останавливался, попеременно рыл копытом землю, с визгом кусал моего клепера в шею, словом, вел себя как избалованный pur sang[11]. Отец не возвращался. От реки несло неприятной сыростью; мелкий дождик тихонько набежал и испестрил крошечными темными пятнами сильно надоевшие мне глупые серые бревна, около которых я скитался. Тоска меня брала, а отца всё не было. Какой-то будочник из чухонцев, тоже весь серый, с огромным старым кивером в виде горшка на голове и с алебардой (зачем, кажется, было будочнику находиться на берегу Москвы-реки!), приблизился ко мне и, обратив ко мне свое старушечье, сморщенное лицо, промолвил:

— Что вы здесь делаете с лошадьми, барчук? Дайте-ка я подержу.

Я не отвечал ему; он попросил у меня табаку. Чтобы отвязаться от него (к тому же нетерпение меня мучило), я сделал несколько шагов по тому направлению, куда удалился отец; потом прошел переулочек до конца, довернул за угол и остановился. На улице, в сорока шагах от меня, пред раскрытым окном деревянного домика, спиной ко мне стоял мой отец; он опирался грудью на оконницу, а в домике, до половины скрытая занавеской, сидела женщина в темном платье и разговаривала с отцом; эта женщина была Зинаида.

---

[11] конь чистокровной породы (франц.).

Я остолбенел. Этого я, признаюсь, никак не ожидал. Первым движением моим было убежать. «Отец оглянется, — подумал я, — и я пропал...». Но странное чувство, чувство сильнее любопытства, сильнее даже ревности, сильнее страха — остановило меня. Я стал глядеть, я силился прислушаться. Казалось, отец настаивал на чем-то. Зинаида не соглашалась. Я как теперь вижу ее лицо — печальное, серьезное, красивое и с непередаваемым отпечатком преданности, грусти, любви и какого-то отчаяния — я другого слова подобрать не могу. Она произносила односложные слова, не поднимала глаз и только улыбалась — покорно и упрямо. По одной этой улыбке я узнал мою прежнюю Зинаиду. Отец повел плечами и поправил шляпу на голове, что у него всегда служило признаком нетерпения... Потом послышались слова: «Vous devez vous séparer de cette...»[12] Зинаида выпрямилась и протянула руку... Вдруг в глазах моих совершилось невероятное дело: отец внезапно поднял хлыст, которым сбивал пыль с полы своего сюртука, — и послышался резкий удар по этой обнаженной до локтя руке. Я едва удержался, чтобы не вскрикнуть, а Зинаида вздрогнула, молча посмотрела на моего отца и, медленно поднеся свою руку к губам, поцеловала заалевшийся на ней рубец. Отец швырнул в сторону хлыст и, торопливо взбежав на ступеньки крылечка, ворвался в дом... Зинаида обернулась — и, протянув руки, закинув голову, тоже отошла от окна.

С замиранием испуга, с каким-то ужасом недоумения на сердце бросился я назад и, пробежав переулок, чуть не упустив Электрика, вернулся на берег реки. Я не мог ничего сообразить. Я знал, что на моего холодного и сдержанного отца находили иногда порывы бешенства, и все-таки я никак не мог понять, что я такое видел... Но я тут же почувствовал, что, сколько бы я ни жил, забыть это движение, взгляд, улыбку Зинаиды было для меня навсегда невозможно, что образ ее, этот новый, внезапно представший передо мною образ, навсегда запечатлелся в моей памяти. Я глядел бессмысленно на реку и не замечал, что у меня слезы лились. «Ее бьют, — думал я, — бьют... бьют...».

— Ну, что же ты — давай мне лошадь! — раздался за мной голос отца.

---

[12] «Вы должны расстаться с этой...» (франц.).

Я машинально подал ему поводья. Он вскочил на Электрика... Прозябший конь взвился на дыбы и прыгнул вперед на полторы сажени... но скоро отец укротил его; он вонзил ему шпоры в бока и ударил его кулаком по шее... «Эх, хлыста нету», — пробормотал он.

Я вспомнил недавний свист и удар этого самого хлыста и содрогнулся.

— Куда ж ты дел его? — спросил я отца погодя немного.

Отец не отвечал мне и поскакал вперед. Я нагнал его. Мне непременно хотелось видеть его лицо.

— Ты соскучился без меня? — проговорил он сквозь зубы.

— Немножко. Где же ты уронил свой хлыст? — спросил я его опять.

Отец быстро глянул на меня.

— Я его не уронил, — промолвил он, — я его бросил.

Он задумался и опустил голову... И тут-то я в первый и едва ли не в последний раз увидел, сколько нежности и сожаления могли выразить его строгие черты.

Он опять поскакал, и уж я не мог его догнать; я приехал домой четверть часа после него.

«Вот это любовь, — говорил я себе снова, сидя ночью перед своим письменным столом, на котором уже начали появляться тетради и книги, — это страсть!.. Как, кажется, не возмутиться, как снести удар от какой бы то ни было!.. от самой милой руки! А, видно, можно, если любишь... А я-то... я-то воображал...»

Последний месяц меня очень состарил — и моя любовь, со всеми своими волнениями и страданиями, показалась мне самому чем-то таким маленьким, и детским, и мизерным перед тем другим, неизвестным чем-то, о котором я едва мог догадываться и которое меня пугало, как незнакомое, красивое, но грозное лицо, которое напрасно силишься разглядеть в полумраке...

Странный и страшный сон мне приснился в эту самую ночь. Мне чудилось, что я вхожу в низкую темную комнату... Отец стоит с хлыстом в руке и топает ногами; в углу прижалась Зинаида, и не на руке, а на лбу у ней красная черта... А сзади их обоих поднимается весь окровавленный Беловзоров, раскрывает бледные губы и гневно грозит отцу.

Два месяца спустя я поступил в университет, а через полгода отец мой скончался (от удара) в Петербурге, куда только что переселился с моей матерью и со мною. За несколько дней до своей смерти он получил письмо из Москвы, которое его чрезвычайно взволновало... Он ходил просить о чем-то матушку и, говорят, даже заплакал, он, мой отец! В самое утро того дня, когда с ним сделался удар, он начал было письмо ко мне на французском языке. «Сын мой, — писал он мне, — бойся женской любви, бойся этого счастья, этой отравы...» Матушка после его кончины послала довольно значительную сумму денег в Москву.

XXII

Прошло года четыре. Я только что вышел из университета и не знал еще хорошенько, что мне начать с собою, в какую дверь стучаться: шлялся пока без дела. В один прекрасный вечер я в театре встретил Майданова. Он успел жениться и поступить на службу; но я не нашел в нем перемены. Он так же ненужно восторгался и так же внезапно падал духом.

— Вы знаете, — сказал он мне, — между прочим, госпожа Дольская здесь.

— Какая госпожа Дольская?

— Вы разве забыли? бывшая княжна Засекина, в которую мы все были влюблены, да и вы тоже. Помните, на даче, возле Нескучного.

— Она замужем за Дольским?

— Да.

— И она здесь, в театре?

— Нет, в Петербурге, она на днях сюда приехала; собирается за границу.

— Что за человек ее муж? — спросил я.

— Прекрасный малый, с состоянием. Сослуживец мой московский. Вы понимаете — после той истории... вам это всё должно быть хорошо известно (Майданов значительно улыбнулся)... ей не легко было составить себе партию; были последствия... но с ее умом всё возможно. Ступайте к ней: она вам будет очень рада. Она еще похорошела.

Майданов дал мне адрес Зинаиды. Она остановилась в гостинице Демут. Старые воспоминания во мне расшевелились... я дал себе слово на другой же день посетить бывшую мою «пассию». Но встретились какие-то дела; прошла неделя, другая, и когда я, наконец, отправился в гостиницу Демут и спросил госпожу Дольскую — я узнал, что она четыре дня тому назад умерла почти внезапно от родов.

Меня как будто что-то в сердце толкнуло. Мысль, что я мог ее увидеть и не увидел и не увижу ее никогда, — эта горькая мысль впилась в меня со всею силою неотразимого упрека. «Умерла!» — повторил я, тупо глядя на швейцара, тихо выбрался на улицу и пошел не зная сам куда. Всё прошедшее разом всплыло и встало передо мною. И вот чем разрешилась, вот к чему, спеша и волнуясь, стремилась эта молодая, горячая, блистательная жизнь! Я это думал, я воображал себе эти дорогие черты, эти глаза, эти кудри — в тесном ящике, в сырой подземной тьме — тут же, недалеко от меня, пока еще живого, и, может быть, в нескольких шагах от моего отца... Я всё это думал, я напрягал свое воображение, а между тем:

Из равнодушных уст я слышал смерти весть,

И равнодушно ей внимал я, —

звучало у меня в душе. О молодость! молодость! тебе нет ни до чего дела, ты как будто бы обладаешь всеми сокровищами вселенной, даже грусть тебя тешит, даже печаль тебе к лицу, ты самоуверенна и дерзка, ты говоришь: я одна живу — смотрите! а у самой дни бегут и исчезают без следа и без счета, и всё в тебе исчезает, как воск на солнце, как снег... И, может быть, вся тайна твоей прелести состоит не в возможности всё сделать, а в возможности думать, что ты всё сделаешь, — состоит именно в том, что ты пускаешь по ветру силы, которые ни на что другое употребить бы не умела, — в том, что каждый из нас не шутя считает себя расточителем, не шутя полагает, что он вправе сказать: «О, что бы я сделал, если б я не потерял времени даром!»

Вот и я... на что я надеялся, чего я ожидал, какую богатую будущность предвидел, когда едва проводил одним вздохом, одним унылым ощущением на миг возникший призрак моей первой любви?

А что сбылось из всего того, на что я надеялся? И теперь, когда уже на жизнь мою начинают набегать вечерние тени, что у меня осталось более свежего, более дорогого, чем воспоминания о той быстро пролетевшей, утренней, весенней грозе?

Но я напрасно клевещу на себя. И тогда, в то легкомысленное молодое время, я не остался глух на печальный голос, воззвавший ко мне, на торжественный звук, долетевший до меня из-за могилы. Помнится, несколько дней спустя после того дня, когда я узнал о смерти Зинаиды, я сам, по собственному неотразимому влечению, присутствовал при смерти одной бедной старушки, жившей в одном с нами доме. Покрытая лохмотьями, на жестких досках, с мешком под головою, она трудно и тяжело кончалась. Вся жизнь ее прошла в горькой борьбе с ежедневной нуждою; не видела она радости, не вкушала от меду счастия — казалось, как бы ей не обрадоваться смерти, ее свободе, ее покою? А между тем пока ее ветхое тело еще упорствовало, пока грудь еще мучительно вздымалась под налегшей на нее леденящей рукою, пока ее не покинули последние силы, — старушка всё крестилась и всё шептала: «Господи, отпусти мне грехи мои», — в только с последней искрой сознания исчезло в ее глазах выражение страха и ужаса кончины. И помню я, что тут, у одра этой бедной старушки, мне стало страшно за Зинаиду, и захотелось мне помолиться за нее, за отца — и за себя.